명문동양신서明文東洋新書 - 02

소동파 전기 명시
蘇東坡　前期　名詩

류종목 편저

明文堂

■ 머리말

소식蘇軾(1036-1101, 자 : 자첨子瞻, 호 : 동파東坡)은 시·
사詞·문장 등의 문학 장르는 물론 서예와 그림에 있어서
도 발군의 성취를 이룬 희대의 천재 예술가였다. 시에 있
어서 그는 송시宋詩의 특질을 확립한 송대의 대표적 시인
일 뿐만 아니라 중국 역대 시인들 가운데 가장 큰 성취를
이룬 걸출한 시인으로서 중국 시단은 물론 우리나라 시단
에도 지대한 영향력을 행사했다.

소식은 21세 되던 해인 가우 원년(1056) 3월에 처음으
로 고향을 떠나 동생과 함께 아버지를 따라 당시 북송의
도성이었던 개봉開封(지금의 하남성 개봉)으로 갔다. 이듬
해에 개봉부시開封府試와 예부시禮部試에 연이어 급제하
여 진사進士가 되었고, 가우 6년(1061)에는 특출한 인재
를 발굴하기 위하여 황제가 특명을 내려 친히 시행하는
특별 시험으로 반드시 대신의 추천을 받아야 응시할 수
있는 제과制科에 급제했다. 예부시를 주관한 당시 문단의
맹주 구양수歐陽修는 소식이 과거시험 답안으로 제출한

문장을 보고 매요신梅堯臣에게 "이 늙은이는 이제 이 사람에게 자리를 내주지 않을 수 없겠습니다"라고 했고, 친히 제과 시험을 시행하여 총 3명을 선발한 인종 황제는 황후에게 "나는 오늘 자손을 위하여 태평성대를 이룩할 재상 두 사람을 얻었소"라고 했으니 '두 사람'이란 바로 소식과 소철을 가리키는 말이었다. 특별 시험인 제과에까지 급제했으니 소식의 벼슬길은 탄탄대로일 것으로 예상되었다. 그러나 소식의 인생 역정은 예상과 달리 참으로 파란만장했다.

제과에 급제한 소식은 가장 먼저 봉상부첨판鳳翔府簽判으로 부임하여 3년 동안 봉상(지금의 섬서성 봉상)에서 지낸 뒤 치평 2년(1065) 1월에 다시 개봉으로 돌아와 판등문고원判登聞鼓院·직사관直史館·개봉부추관開封府推官 등의 관직을 역임했다. 그러나 왕안석王安石을 비롯한 신법파의 정치적 핍박을 견디지 못해, 자기 곁에 두고 싶어 하는 신종 황제에게 간절하게 주청한 결과 희령 4년(1071) 6월에 마침내 항주통판杭州通判으로 임명되었다. 항주통판의 임기가 끝나 희령 7년(1074) 9월에 밀주지주密州知州로 임명되었고, 희령 10년(1077) 2월에는 다시 서주지주徐州知州로 임명되었으며, 원풍 2년(1079) 3월에는 또 호주지주湖州知州로 옮기라는 명을 받았다.

호주지주로 부임한 지 3개월밖에 안 된 원풍 2년(1079)

7월에 소식에게 일생일대의 불행한 사건이 발생했다. 그동안 소식을 몹시 못마땅하게 여기며 호시탐탐 기회만 노리고 있던 신법파의 신진 인사들이 소식이 호주에 도착하여 황제에게 올린 부임보고서 〈호주사표湖州謝表〉에 조정을 우롱하고 건방지게 자기가 잘난 체하는 내용이 있다느니, 조정의 처사를 비난하여 백성들을 선동하는 내용이 있다느니 하면서 전후하여 네 차례나 소식을 탄핵하는 상소문을 올렸다. 그리고 소식의 시문 가운데 조금이라도 문제 삼을 여지가 있는 것은 다 긁어모아서 자기들 편리한 대로 해석하여 신종 황제 앞에서 소식을 모함함으로써 신종 황제로 하여금 마침내 어사대御史臺에서 이 사건을 심리하라는 어명을 내리게 한 것이다. 이것이 바로 오대시안烏臺詩案이다.

곧바로 어사대(일명 오대烏臺) 관리 황보준皇甫遵에게 체포된 소식은 개봉으로 끌려가 어사대 감옥에 갇힌 채 4개월 동안 심문을 받고 사형에 처해질 위기의 순간까지 갔다가 간신히 목숨을 건지고 황주안치黃州安置라는 유배령을 받았다. 그는 원풍 3년(1080) 1월 1일에 길을 떠나 2월 1일에 황주(지금의 호북성 황강시黃岡市 황주구)에 도착하여 4년 넘게 그곳에서 유배 생활을 했다. 황주에서 유배 생활을 하는 동안 그는 생활고를 이기지 못해 버려진 땅을 개간하여 손수 농사를 지었다. 농장이 황주성 동쪽

비탈에 있기 때문에 그는 그것을 '동파東坡'라고 명명하고 '동파거사'라는 자호自號도 지었다.

유배지를 여주汝州(지금의 하남성 여주)로 옮기게 되어 원풍 7년(1084) 4월에 황주를 떠난 소식은 여주로 옮겨 가는 도중이던 원풍 8년(1085) 2월에 황제의 윤허를 받아 5월부터 상주常州 의흥현宜興縣(지금의 강소성 의흥시)에서 은거하기 시작했다. 그러나 그해 3월에 신종이 세상을 떠나고 어린 철종이 즉위하면서 신법을 싫어하고 소식을 매우 총애하던 철종의 조모 선인태후宣仁太后가 섭정하게 된 덕분에 소식은 그해 6월에 등주지주登州知州로 임명되었다. 오대시안으로 인하여 그에게 내려진 유배령이 완전히 해제된 것이었다.

등주에 도착한 지 5일 만인 원풍 8년(1085) 10월 20일에 그는 다시 예부낭중禮部郎中에 임명한다는 조서를 받아 조정으로 들어갔다. 원풍 3년(1080) 정월 초하룻날 황주를 향해 유뱃길에 오른 지 6년 만이요 신법파의 핍박을 못 이겨 지방관으로 나간 희령 4년(1071)으로부터 15년 만이었다.

조정으로 복귀한 그는 예부낭중·기거사인起居舍人·중서사인中書舍人 등의 관직을 역임하고 원우 원년(1086) 8월에 한림학사지제고翰林學士知制誥가 되어 2년 반 동안 재임했으니 이때가 그의 정치 생애에 있어서 가장 득의한

시기였다고 할 수 있다.

선인태후가 집정하는 동안에는 신법파가 세력을 잃고 구법파가 조정을 차지했다. 그러나, 구법파가 다시 촉파蜀派·낙파洛派·삭파朔派로 나누어졌는데 낙파 인사들과 삭파 인사들이 촉파의 영수인 소식을 심하게 모함했기 때문에 소식은 정쟁의 소용돌이에서 벗어나기 위해 다시 적극적으로 자청한 결과 원우 4년(1089) 3월에 항주지주杭州知州로 임명되었다. 그 뒤로 그는 한림학사승지翰林學士承旨·영주지주潁州知州·양주지주揚州知州·병부상서겸시독兵部尚書兼侍讀·예부상서겸단명전한림시독학사禮部尚書兼端明殿翰林侍讀學士로 임명되어 조정과 지방을 오가다가 원우 8년(1093) 9월에 정주지주定州知州로 나감으로써 영원히 조정과 결별했다. 소식은 그동안 여러 차례 사임을 주청했지만 사임은 받아들여지지 않고 대신에 정주지주로 임명된 것이었다.

원우 8년(1093) 9월에 선인태후가 세상을 떠나고 철종이 신법을 강행한 부친 신종의 뜻을 계승함으로써 신법파 인사들이 다시 조정으로 들어오게 되었다. 신법파 인사들은 눈엣가시 같은 존재인 소식을 완전히 제거해 버리기 위해 정주지주로 재임한 지 반 년 만인 소성 원년(1094) 4월에 그를 영주英州(지금의 광동성 영덕英德)라는 남방 오지의 지주로 좌천시켰다가 그해 6월에 다시 그에게 혜주

안치惠州安置라는 두 번째 유배령을 내렸다. 소성 원년(1094) 10월부터 2년 반 동안 아열대지방인 혜주(지금의 광동성 혜주)에서 유배 생활을 하면서도 타고난 현실적응 능력으로 아무렇지도 않은 것처럼 초연하게 지내고 있는 소식을 보고 과거급제 동기로 신법파의 핵심 인사가 된 장돈章惇이 급기야 소식을 담주儋州(지금의 해남성 담주시 중화진中和鎭)까지 쫓아내고 말았다.

소식은 소성 4년(1097) 7월부터 철종이 세상을 떠나고 휘종이 즉위한 지 4개월이 지난 원부 3년(1100) 6월까지 약 3년 동안 초연한 마음가짐으로 열대지방인 담주에서의 유배 생활도 거뜬하게 견디어 내고, 원부 3년(1100) 7월에 유배지를 염주廉州(지금의 광서장족자치구 합포合浦)로 옮겨 거기서 약 2개월 동안 지냈다. 2개월 뒤에 유배지가 도성에서 더욱 가까운 곳인 영주永州(지금의 호남성 영주)로 바뀌었다가 영주에 도착하기도 전에 마침내 완전히 사면되었다. 거주의 자유를 얻은 그는 어디로 갈지 고민하다가 결국 원풍 8년(1085) 여름에 잠시 은거한 적이 있는 상주常州로 가서 건중정국 원년(1101) 7월 28일에 향년 66세로 세상을 떠났다.

이처럼 우여곡절이 많았던 소식의 인생 역정은 오대시안을 분기점으로 삼아 전기와 후기로 나눌 수 있다. 오대시안으로 인하여 사형에 처해질 뻔한 위기를 간신히 넘기고 황주로 유배되어 온갖 고난을 다 겪었으니 그의 인생관에 커다란 변화가 일어났을 수밖에 없기 때문이다. 이에 오대시안이 발생하기 이전의 소식 시 가운데 가장 대표적인 것 82수를 선정하여 《소동파 전기 명시》에 수록하고, 오대시안이 발생한 이후의 소식 시 가운데 가장 대표적인 것 86수를 선정하여 《소동파 후기 명시》에 수록하되 저본인 《소식시집蘇軾詩集》(청淸 왕문고王文誥 집주輯註 / 공범례孔凡禮 점교點校, 중화서국, 1987)에 의거하여 창작 시기순으로 작품을 배열했다. 그리고 해제에서 밝힌 각 작품의 구체적인 창작시기는 《소식전집교주蘇軾全集校注》(장지열張志烈·마덕부馬德富·주유개周裕鍇 주편主編, 하남인민출판사, 2010)를 근거로 삼았다.

이 책의 편찬을 권유해 주신 김동구 사장님과 편집에 심혈을 기울여 주신 이은주 선생에게 깊이 감사드리며, 부족한 부분에 대해서는 독자 여러분의 애정 어린 질정을 기다린다.

2018년 7월
관악산 자락에서 **류종목** 씀

차 례

일러두기

1. 인명·지명·서명書名·관명官名 등의 각종 고유명사를 모두 한국 발음으로 통일하여 표기했다.

2. 원래 음력으로 표기되어 있는 옛날 날짜는 양력으로 환산하지 않고 음력으로 그냥 두었다.

3. 시의 번역문에는 한자를 쓰지 않았으며, 해제에는 가능한 한 한자 사용을 억제하되 필요한 경우 한자를 병기했다.

4. 보다 정확한 정보를 제공하기 위해 주석에는 한자를 많이 병용하되 한자 사용 빈도를 조금이라도 줄이기 위해 앞에 한 번 나온 어휘는 비록 고유명사일지라도 한글로 바꾸어 표기했다. 다만 시는 처음부터 차례대로 읽는 것이 아니라 독자의 취향에 따라 순서 없이 읽는 경우가 많기 때문에 책 전체를 기준으로 삼지 않고 하나의 작품을 기준으로 삼았다.

5. 시 본문의 한국 발음은 두음법칙을 적용하지 않고 원래의 발음을 그대로 표기했으며, 주석의 표제어는 두음법칙을 적용하여 한국 발음을 표기했다.

6. 원시 한 구절을 1행으로 번역하는 것을 원칙으로 하되 이로 인하여 내용이나 운율이 지나치게 손상되는 경우에는 2행으로 번역했다.

소동파
전기 명시

강 위에서 산을 보니
江上看山

배 위에서 산을 보니 달려가는 말이로다
갑자기 수백 무더기가 눈앞으로 지나간다.
앞산은 들쑥날쑥 순간순간 다른 자태
뒷산은 혼비백산 깜짝 놀라 도망간다.
오솔길을 쳐다보니 비스듬히 산을 감았는데
그 길 위에 행인이 까마득히 걸어간다.
배 안에서 손을 들어 말 한 마디 건네려니
외로운 배 남쪽으로 새처럼 날아간다.

船上看山如走馬, 　　선상간산여주마

倏忽過去數百羣.(1) 　　숙홀과거수백군

前山槎牙忽變態,(2) 　　전산사아홀변태

後嶺雜沓如驚奔.(3) 　　후령잡답여경분

仰看微徑斜繚繞,(4) 　　앙간미경사료요

上有行人高縹緲.(5) 　　상유행인고표묘

舟中擧手欲與言, 　　주중거수욕여언

孤帆南去如飛鳥. 　　고범남거여비조

[해제]

고향으로 돌아가 어머니의 삼년상을 치른 후 장강長江을 따라 다시 개봉開封으로 들어간 가우 4년(1059) 겨울에 배 안에서 느긋한 마음으로 감상한 강 주위의 풍경을 묘사한 것이다. 각양각색으로 솟아 있는 앞뒤의 산과 거기에 비스듬히 감고 올라가는 실낱같은 오솔길, 그리고 그 위를 걸어가는 낯선 길손 등이 그야말로 한 폭의 풍경화처럼 생생하게 그려져 있다.

[주석]

(1) 倏忽(숙홀): 갑자기. 두보杜甫의 시 <전출새前出塞>에 "강 건너 오랑캐 말이 보이는가 싶더니, 어느새 갑자기 수백 무더기가 나타났네(隔河見胡騎, 倏忽數百群)"라고 했다.

(2) 槎牙(사아): 울퉁불퉁한 모양.

(3) 雜沓(잡답): 복잡하고 어수선하다.

(4) 繚繞(요요): 둘러싸다. 감돌다.

(5) 縹緲(표묘): 높고 아득한 모양.

소군촌
昭君村[1]

왕소군은 본래 초 지방 사람
빼어난 미모가 강물을 훤히 비췄었네.
초 지방 사람들이 감히 아내로 맞지 못해
한나라 왕비라고 부르게 됐네.
그 누가 알았으리 조국을 떠나
만 리 밖에서 오랑캐 땅의 귀신이 될 줄을?
사람들은 딸을 낳으면 가문을 일으킨다고 했지만
왕소군은 당시에 근심으로 안색이 초췌했다네.
예로부터 인간사란 모두 이와 같은 것
엎치락뒤치락 종횡무진 뒤바뀜을 어찌 알리?

昭君本楚人,⁽²⁾　　　소군본초인

艶色照江水.　　　　　염색조강수

楚人不敢娶,　　　　　초인불감취

謂是漢妃子　　　　　위시한비자

誰知去鄕國,　　　　　수지거향국

萬里爲胡鬼.　　　　　만리위호귀

人言生女作門楣,⁽³⁾　인언생녀작문미

昭君當時憂色衰.　　　소군당시우색쇠

古來人事盡如此,　　　고래인사진여차

反覆縱橫安可知.　　　반복종횡안가지

[해제]

가우 4년(1059) 겨울에 왕소군의 고향인 소군촌을 지나가면서 한나라 원제의 궁녀로 있다가 하루아침에 흉노족에게 끌려가는 신세가 된 비운의 미인 왕소군을 생각하고 이로부터 영광과 치욕, 행복과 불행이 쉽게 뒤바뀌는 세상사를 한탄한 것이다.

[주석]

(1) 昭君村(소군촌): 무산십이봉巫山十二峰 남쪽의 신녀묘神女廟 아래쪽에 있는 마을.

(2) 昭君(소군): 왕소군王昭君. 한나라 원제元帝의 궁녀로 흉노족의 요구에 의해 흉노족 임금에게 시집가서 우울하게 살았던 불행한 미인이다.

(3) 門楣(문미): 문 위에 가로로 댄 나무. 비유적인 의미로 가문이라는 뜻이다. ≪양태진외전楊太眞外傳≫에 "양귀비가 총애를 받을 때 '남자는 제후에 봉해지지 않는데 여자는 왕비가 되나니, 딸이 오히려 가문을 일으키는 것을 보라'라는 동요가 있었다(楊貴妃寵幸時, 童謠有曰: '男不封侯女作妃, 君看女却作門楣')"라고 했다.

신축년 11월 19일 정주 서문 밖에서 자유와 헤어진 뒤 말 위에서 시 한 편을 지어 그에게 보낸다

辛丑[1] 十一月十九日, 既與子由[2] 別於鄭州[3] 西門
之外, 馬上賦詩一篇寄之

술도 아니 마셨는데 왜 이다지 비틀대나?

내 마음은 벌써 돌아가는 자네 안장을 따라가는구나.

돌아가는 자네는 그래도 아버지를 생각하련만

이제 나는 무엇으로 적막감을 달래 보나?

높은 데 올라 돌아보니 언덕에 막혀

검은 모자만 흔들흔들 보이다 말다 하는구나.

엄동설한 추운 날에 얇디얇은 옷을 입고

자네 혼자 여윈 말 몰고 새벽 달빛 밟겠구나.

행인은 노래하고 주민은 즐거우니

나 이토록 슬퍼함을 아이놈이 탓하는구나.

우리네 인생에 이별이야 없을 수도 없겠지만

세월이 훌쩍 갈까 그것만이 두렵구나.
찬 등불 아래 마주 누워 옛날 일을 생각하며
소슬한 밤비 소리 들을 날이 언제려나?
이 마음 잊을 수 없음은 자네도 잘 알 터이니
아무쪼록 높은 벼슬 너무 좋아하지 말게나.

不飲胡爲醉兀兀,[4]　　　불음호위취올올

此心已逐歸鞍發.　　　차심이축귀안발

歸人猶自念庭闈,[5][6][7]　　귀인유자념정위

今我何以慰寂寞.　　　금아하이위적막

登高回首坡壟隔,　　　등고회수파롱격

但見烏帽出復沒.　　　단견오모출부몰

苦寒念爾衣裘薄,　　　고한념이의구박

獨騎瘦馬踏殘月.　　　독기수마답잔월

路人行歌居人樂,　　　로인행가거인락

童僕怪我苦悽惻.　　　동복괴아고처측

亦知人生要有別,　　　역지인생요유별

但恐歲月去飄忽.　　　단공세월거표홀

寒燈相對記疇昔,　　　한등상대기주석

夜雨何時聽蕭瑟.　　　야우하시청소슬

君知此意不可忘,[8]　　군지차의불가망

愼勿苦愛高官職.　　　신물고애고관직

[해제]

동생 소철과의 남다른 우애를 노래한 것이다. 가우 6년(1061) 10월 소식은 봉상부첨판鳳翔府簽判에 임명되어 도성인 개봉을 떠나 봉상으로 가는 바람에 동생과 헤어지게 되었다. 어릴 적부터 함께 공부하고 아버지를 따라 함께 도성으로 가서 나란히 과거에 급제한 이들 형제에게 있어서 이것은 처음으로 맛보는 이별의 아픔이었다. 이때 소철은 정주까지 형을 배웅하고 돌아갔는데 소식은 자신을 배웅하고 도성으로 되돌아가는 동생의 뒷모습을 바라보면서 아쉬운 작별의 마음을 이 시에다 담았다.

[주석]

(1) 辛丑(신축): 인종 가우 6년(1061)을 가리킨다.

(2) 子由(자유): 소식의 동생 소철蘇轍의 자字.

(3) 鄭州(정주): 하남성에 있는 고을. ≪원화군현지元和郡縣志≫에 "춘추시대의 정나라 땅은 진나라 때는 그곳에 형양군을 설치했고 개황 3년(583)에는 정주로 고쳤다(春秋鄭國, 晉置滎陽郡, 開皇三年改鄭州)"라고 했다.

(4) 兀兀(올올): 뒤뚱거리는 모양.

(5) 歸人(귀인): 자유 즉 동생 소철을 가리킨다.

(6) 猶自(유자): 그래도.

(7) 庭闈(정위): 부모가 거처하는 방. 여기서는 당시 조정에서 예서禮書를 편찬하고 있던 아버지 소순蘇洵을 가리킨다.

(8) 此意(차의): 밤비 소리를 들으며 침대를 마주한 채 정답게 지내고 싶은 마음. 소식의 자주自註에, "일찍이 밤비 소리를 들으며 침대를 마주하고 정답게 지내자는 언약을 한 적이 있었기 때문에 이렇게 말한 것이다(嘗有夜雨對牀之言, 故云爾)"라고 했다. 소식 형제는 가우 6년(1061) 개봉의 회원역懷遠驛에서 함께 제과制科 시험을 준비할 때, "어찌 알리 바람 불고 비 오는 밤에, 또 이렇게 마주 보고 잘 수 있을지?(寧知風雨夜, 復此對牀眠)"라는 당나라 시인 위응물韋應物(631-791)의 시 <전진과 원상에게(示全眞元常)>를 보고 크게 감동받아 자기들도 벼슬에 연연하지 말고 일찌감치 물러나 함께 한거하며 정답게 지내자고 약속했었다.

면지에서의 옛날 일을 생각한 자유의 시에 화답하여

和子由[1]澠池懷舊[2]

정처 없는 우리 인생 무엇 같을까?

기러기가 눈밭 위를 배회하는 것 같으리.

진흙 위에 어쩌다가 발자국을 남기지만

기러기가 날아간 뒤엔 행방을 어찌 알리?

늙은 중은 이미 죽어 사리탑이 새로 서고

낡은 벽은 허물어져 글씨가 간데없네.

힘들었던 지난날을 아직 기억하는지?

먼 길에 사람은 지치고 나귀는 절며 울어댔지.

人生到處知何似,　　　　인생도처지하사

應似飛鴻踏雪泥.　　　　응사비홍답설니

泥上偶然留指爪,　　　　니상우연류지조

鴻飛那復計東西.[3]　　　홍비나부계동서

老僧已死成新塔,[4]　　　로승이사성신탑

壞壁無由見舊題.　　　　괴벽무유견구제

往日崎嶇還記否,　　　　왕일기구환기부

路長人困蹇驢嘶.[5]　　　로장인곤건려시

[해제]

가우 원년(1056)에 소식은 개봉부시開封府試에 참여하기 위하여 동생 소철과 함께 아버지를 따라 개봉으로 들어갔다. 도중에 그들은 면지에 있는 봉한화상奉閑和尙의 절에 묵은 적이 있었다. 그로부터 5년 뒤인 가우 6년(1061) 겨울에 소식은 봉상부첨판鳳翔府簽判으로 부임하기 위하여 면지를 거쳐 봉상으로 들어가고 있었다. 이때 동생이 <면지의 일을 생각하며 자첨 형에게 부친다(懷澠池寄子瞻兄)>라는 시를 지어 보냈다. 이것은 동생이 보낸 이 시에 화답하여 지은 차운시次韻詩로서, 한 사람이 어느 곳에 잠시 머물다 떠나고 나면 그 사람의 존재가 오래지 않아 남아 있는 사람들의 뇌리에서 사라져 버리는 인간사회의 속성과 한 치 앞을 내다볼 수 없는 무상한 인생의 본질을 실감 나게 그려 냈다.

[주석]

(1) 子由(자유): 소식의 동생 소철蘇轍의 자字.

(2) 澠池懷舊(면지회구): 동생 소철이 지은 시로, 정확한 제목은 <면지의 일을 생각하며 자첨 형에게 부친다(懷澠池寄子瞻兄)>이다. 면지는 하남성 낙양洛陽 서쪽에 있는 고을로 그곳의 연못에 맹꽁이가 많다고 하여 붙여진 이름이며 면지黽池로 쓰기도 한다.

(3) 那復計東西(나부계동서): 어찌 더 이상 동쪽과 서쪽을 헤아리겠는가. 이 구절은 기러기가 날아가 버린 뒤에는 남아 있는 사람들이 기러기가 동쪽으로 날아갔는지 서쪽으로 날아갔는지 방향을 알 수 없을 뿐만

아니라 머지않아 기러기가 내려왔었다는 사실조차도 뇌리에서 사라져 버리는 것처럼, 한 사람이 머물다 떠난 뒤에는 남아 있는 사람들이 그 사람의 행방과 존재에 대해 금방 무심해져 버리는 인간사회의 속성을 간파하고 그것을 안타까워하면서도 동시에 그것에 대하여 초연해지려는 자신의 초월의식을 담고 있다. 아울러 어느 한곳에 정착하지 못하고 자신의 의지와 무관하게 여기저기로 떠돌아다녀야 할 자신의 신세를 안타까워하고 있다.

(4) 新塔(신탑): 새로 세운 사리탑 즉 부도浮屠를 가리킨다. 이 구절은 가우 원년(1056) 개봉開封으로 들어갈 때는 자기 부자에게 따뜻하게 대해 주던 그 절의 늙은 스님 봉한화상奉閑和尙이 지금은 이미 죽어 그의 사리를 봉안한 부도만 새로이 서 있다는 말이다.

(5) 蹇驢(건려): 절름발이 나귀. 소식의 자주自註에 "지난해에 이릉에서 말이 죽어 나귀를 타고 면지까지 갔다(往歲, 馬死於二陵, 騎驢至澠池)"라고 했다.

왕유와 오도자의 그림

王維[(1)] 吳道子[(2)] 畵

오도자의 그림을 어디에서 찾았나?

보문사와 개원사네.

개원사의 동탑에

왕마힐도 자취를 남겨 놓았네.

내가 보기에 그림의 품격 가운데

두 분만큼 존귀한 사람이 아무도 없었네.

오도자는 참으로 웅장하고 분방하여

바닷물이 뒤집히듯 정말 호호탕탕하네.

그가 손을 대노라면 풍우가 급해지고

붓이 닿기도 전에 기세가 이미 삼킬 듯했겠네.

우뚝하게 솟아 있는 사라쌍수 사이에

부상의 아침 해인 듯 햇무리가 불그레한데

그 안에 지인이 있어 적멸을 얘기하니

깨달은 자 슬피 울고 미혹된 자 자신을 쓰다듬네.

야만인의 왕과 귀신의 왕이 수도 없이 몰려와

서로 밀치며 앞을 다투는데 그 머리가 자라 같네.
왕마힐은 본래 시를 짓는 늙은이
어수리 엮어 몸에 차고 창포 짜서 입었는데
이제 이 벽화를 바라보고 있노라니
이것 역시 그의 시처럼 청아하고 돈후하네.
기원정사의 제자들은 모두가 학의 뼈요
마음은 꺼진 재처럼 다시는 더워지지 않을 것 같네.
문 앞의 두 무더기 대나무 숲은
눈 같은 마디가 서리 같은 뿌리까지 이어져 있고
엇갈린 가지와 어지러운 잎이 무수히 흔들리는데
하나하나 모두가 그 근원을 찾을 수 있네.
오 선생은 비록 솜씨가 절묘하지만
아무래도 화가로 논할 일이고
왕마힐은 형상 밖에서 묘미를 얻었으니
왕차중이 신선 되어 수레의 난간을 떠난 것 같네.
내가 보기엔 두 분이 모두 신묘하지만
특히 왕유에겐 옷깃을 여미며 나무랄 말이 없네.

何處訪吳畫,　　　　하처방오화

普門與開元.⁽³⁾　　보문여개원

開元有東塔,　　　　개원유동탑

摩詰留手痕.⁽⁴⁾　　마힐류수흔

吾觀畫品中,　　　　오관화품중

莫如二子尊.　　　　막여이자존

道子實雄放,　　　　도자실웅방

浩如海波翻.　　　　호여해파번

當其下手風雨快,　　당기하수풍우쾌

筆所未到氣已吞.　　필소미도기이탄

亭亭雙林間,⁽⁵⁾⁽⁶⁾　정정쌍림간

彩暈扶桑暾.⁽⁷⁾　　채운부상돈

中有至人談寂滅,⁽⁸⁾⁽⁹⁾　중유지인담적멸

悟者悲涕迷者手自捫.　　오자비체미자수자문

蠻君鬼伯千萬萬,(10)　　만군귀백천만만

相排競進頭如黿.(11)　　상배경진두여원

摩詰本詩老,　　마힐본시로

佩芷襲芳蓀.(12)(13)　　패지습방손

今觀此壁畵,　　금관차벽화

亦若其詩清且敦.　　역약기시청차돈

祇園弟子盡鶴骨,(14)　　기원제자진학골

心如死灰不復溫.(15)　　심여사회불부온

門前兩叢竹,(16)　　문전량총죽

雪節貫霜根.　　설절관상근

交柯亂葉動無數,　　교가란엽동무수

一一皆可尋其源.(17)　　일일개가심기원

40

吳生雖妙絕,　　　　　　오생수묘절

猶以畫工論.　　　　　　유이화공론

摩詰得之於象外,　　　　마힐득지어상외

有如仙翩謝籠樊.[18][19]　유여선핵사롱번

吾觀二子皆神俊,　　　　오관이자개신준

又於維也斂衽無間言.[20][21]　우어유야렴임무간언

41

[해제]

봉상부첨판鳳翔府簽判으로 재임 중이던 가우(1056-1063) 연간에 지은 시 〈봉상의 여덟 가지 볼거리(鳳翔八觀)〉 가운데 한 수로, 전문 화가인 오도자와 문인 화가인 왕유의 그림을 보고 두 사람의 화풍을 비교 평가했는데 문인화에 대한 소식의 관점이 잘 나타나 있다. 제1~4구에서는 두 사람의 그림을 감상하게 된 경위를 설명하고, 제5~6구에서는 두 사람의 화품畫品을 찬양했으며, 제7~10구에서는 오도자의 화풍畫風을 총괄적으로 평가하고, 제11~16구에서는 소식이 개원사에서 본 오도자의 불화를 세밀하게 묘사했다. "봉상의 개원사 대전은 아홉 칸인데 뒷벽에 그려진 오도현(오도자)의 그림은 부처가 막 태어나서부터 수행하고 설법하고 입적하기까지의 과정과 산림·궁실·인물·금수 수천만 종류가 고금과 천하의 오묘함을 다했다(鳳翔開元寺大殿九間, 後壁吳道玄畫, 自佛始生修行說法至減度, 山林·宮室·人物·禽獸數千萬種, 極古今天下之妙)"라고 한 소박邵博의 ≪문견후록聞見後錄≫이 전하는 바와 같이 오도자의 이 그림은 매우 생동적이었다고 하는데, 제11~16구는 이처럼 생동적인 화면을 다시 생동적인 시구로 옮겨 놓은 것이다. 제17~20구에서는 왕유의 화품을 그의 인품 및 시품과 관련 지어 총괄적으로 이야기했고 제21~26구에서는 개원사에 있는 왕유의 그림을 개괄적으로 묘사했다. 제27~32구에서는 두 사람의 화품을 비교 평가하여 두 사람 모두 훌륭하지만 형사形似보다 신사神似를 추구한 왕유의 그림이 더 훌륭하다고 결론지었다. 왕문고의 ≪소식시집≫에 "오도현은 비록 화성이지만 문인과는 기식이 통하지 않았으며, 마힐은 비록 화성은 아니지만 문인과 기식이 통했으니 여기에 커다란 차이가 있다. 송원 이래로 사대부화를 그리는 사람은 마힐을 추앙하여 배우는 사람은 있어도 오도현의 화법을 전하는 사람은 전혀 없었다. 공(소식)이 대나무를 그린 것은 사실 마힐에게서 비롯되었으니 지금 이 시를 읽어 보면 그가 그것을 노래하고 논의했을 뿐만 아니라 이미 본뜨기도 하고 그리기도 했음을 알 수 있다. 그 뒤 오래지 않아 기산 아래에서 문동과 만나 이로부터 그림이 날로 진보했거니와 그 발원지는 바로 이 시이다(道玄雖畵聖, 與文人氣息不通; 摩詰非畵聖, 與文人氣息通. 此中極有區別. 自宋元以來, 爲士大夫畫者, 瓣香摩詰則有之, 而傳道玄衣鉢者, 則絶無其人也. 公畫竹實始於摩詰, 今讀此詩, 知其不但詠之·論之, 幷已摹之·繪之矣. 非久, 與文同遇於岐下, 自此畫日益進, 而發源則此詩也)"라고 평가한 바와 같이 이때 본 왕유의 그림은 소식의 그림에 지대한 영향을 미쳤다.

[주석]

(1) 王維(왕유): 당나라 때 시인으로 그림에도 뛰어났다. 벼슬이 상서우승尙書右丞에 이르렀기 때문에 흔히 왕우승이라고도 불렀고, 불교적인 색채가 짙은 시를 많이 지었기 때문에 시불詩佛이라고도 불렀다. 그림에 있어서는 문인화의 창시자로 산수와 대나무 숲을 즐겨 그렸는데 소식은 그의 그림을 매우 높이 평가했다. 당나라 주경원朱景元의 ≪화단畵斷≫에 왕유의 그림을 묘품妙品으로 평가하고 상上의 상上으로 쳤다.

(2) 吳道子(오도자): 당나라 때의 화가. 어릴 때 아버지를 여의는 바람에 집안이 가난하여 중도에 공부를 포

기하고 그림을 그리기 시작했는데 스무 살도 되기 전
에 이미 이름이 알려졌다. 낙양洛陽을 유랑할 때 현종
이 그의 이름을 듣고 그를 불러들여 내교박사內敎博
士에 제수하고 이름을 도현道玄이라고 고친 후 궁정
에서 그림을 그리게 했다. 불교와 도교의 인물화와 산
수화에 다 조예가 깊었으며 그림이 생동적이고 입체
적인 느낌을 준다. 특히 벽화를 잘 그렸는데 일찍이
장안長安(지금의 섬서성 서안西安)과 낙양에 있는 절
300여 칸에 벽화를 그려 화성畫聖이라는 칭호를 얻었
다. 당나라 주경원의 《화단》에 그의 그림을 신품神
品으로 평가하고 상의 상으로 쳤다.

(3) 普門與開元(보문여개원): 보문사와 개원사. 둘 다
봉상鳳翔(지금의 섬서성 봉상)에 있는 절이다. 《봉
상부지鳳翔府志》에 "개원사는 성의 북쪽 길에 있는데
당나라 개원 원년(713)에 세웠다. 안에 <초나라를
저주하는 글(詛楚文)> 및 오도자의 부처 그림과 왕
유의 대나무 그림이 있다(開元寺在城北街, 唐開元元
年建. 內有<詛楚文>及吳道子畫佛·王維畫竹)"라고 했다.

(4) 摩詰(마힐): 왕유의 자字.

(5) 亭亭(정정): 우뚝 솟은 모양.

(6) 雙林(쌍림): 석가모니가 입적할 때 그 주위 사방에
두 그루씩 서 있었다는 사라쌍수娑羅雙樹. 《전등록
傳燈錄》에 "석가모니 부처는 열반으로 들어가려고 사
라쌍수 아래로 가서 욕심이 없는 조용한 마음으로 편
안하게 입적했다(釋迦牟尼佛欲入涅槃, 往娑羅雙樹下,

泊然宴寂)"라고 했다.

(7) 扶桑(부상): 동쪽 바다의 해가 돋는 곳에 있다는 신
  목神木. 또 그 신목이 있는 곳.

(8) 至人(지인): 덕이 지극한 경지에 이른 사람. 석가모
  니를 가리킨다.

(9) 寂滅(적멸): 번뇌의 경지를 떠남, 즉 죽음.

(10) 鬼伯(귀백): 귀신의 우두머리. 석가모니 부처가 열
  반할 때 수없이 많은 귀왕鬼王과 천왕天王이 일제히
  몰려왔다고 한다.(≪석가보釋迦譜≫ 참조)

(11) 頭如黿(두여원): 머리가 자라와 같다. 발 디딜 틈도
  없을 만큼 빽빽하게 모여서 서로 석가모니에게 가까
  이 다가가려고 다투는 모습을 물속에서 머리만 내놓
  고 헤엄쳐 다니는 자라 떼에 비유한 것이다.

(12) 芷(지): 어수리. 미나릿과에 속하는 2~3년생의 향
  초. 뿌리는 백지라 하여 약으로 쓴다. 굴원屈原의
  <이소離騷>에 "궁궁이를 걸치고 어수리를 엮어 차
  며, 가을 난초 엮어서 패물로 삼네(扈江離與辟芷兮,
  紉秋蘭以爲佩)"라고 했다. 이 구절은 왕유의 인품이
  고결함을 설명한 것이다.

(13) 蓀(손): 창포. 뛰어난 재주와 덕망을 비유한다.

(14) 祇園(기원): 기수급고독원祇樹給孤獨園의 약칭으로
  여기서는 기원정사祇園精舍를 가리킨다. 기원은 인도
  마게타국摩揭陀國의 기타태자祇陀太子가 소유한 동산
  으로 수달장자須達長者가 이것을 사서 석가모니를 위
  하여 기원정사라는 절을 세웠다. 이 구절은 왕유의 그

림에 묘사되어 있는 승려들이 앙상하게 여위었음을
뜻한다.

(15) 死灰(사회): 세속적인 일로 동요하지 않는 심리상
태를 비유한다. ≪장자莊子·제물론齊物論≫에 "형체
는 진실로 마른 나무처럼 되게 할 수가 있으며, 마음
은 진실로 꺼진 재처럼 되게 할 수가 있는 것입니까?
(形固可使如槁木, 而心固可使如死灰乎?)"라고 했다.

(16) 兩叢竹(양총죽): ≪명승지名勝志≫에 "왕우승의 대
나무 그림은 두 무더기가 가지를 교차하여 어지러운
잎이 마구 흔들리는 것이 마치 춤을 추는 것 같다. 개
원사의 동탑에 있다(王右丞畫竹, 兩叢交柯, 亂葉飛動,
若舞. 在開元寺東塔)"라고 했다.

(17) 尋其源(심기원): 그 근원을 찾다. 이 구절은 얼핏
보기에는 무질서하게 그려진 것 같은 대나무의 가지
와 잎사귀들이지만 사실은 하나하나에 그것을 그린
근원적인 화법이 있었음을 알 수 있다는 뜻으로, 이를
조금 확대하여 해석하자면 왕유가 문인화의 화법을 창
시했다는 말이 된다.

(18) 仙翮(선핵): 신선의 날갯죽지. 진秦나라 왕차중王
次仲은 전서를 고쳐 예서를 만든 사람인데 진시황이
기특하게 생각하여 그를 세 번이나 불렀는데도 가지
않아 진시황이 그를 잡아 죽이려고 난간이 있는 수레
에 싣고 압송해 가는데 왕차중이 큰 새로 변하여 날개
를 흔들며 날아가다가 날갯죽지 세 개를 떨어뜨렸다.
이로 인하여 진시황이 그를 낙핵선落翮仙이라고 불렀

다.(≪열선전列仙傳≫ 참조)

(19) 籠樊(농번): 진시황이 왕차중을 가두었던 난간이
    달린 수레.

(20) 維也(유야): 왕유. '야也'는 조사이다.

(21) 間言(간언): 헐뜯는 말.

석창서의 취묵당

石蒼舒[1] 醉墨堂

인생에 있어 글자를 아는 건 우환의 시작
이름 석 자 대충 쓰면 그만두어도 되는데
초서가 달필이라고 사랑해서 무엇하리'?
책을 펴면 울적하게 걱정에 싸이게 할 것을.
내 일찍이 그걸 좋아해 혼자 웃곤 했거니와
그대에게 이 병 있으니 어떻게 고치려나?
"그 속에 더없는 즐거움이 있나니
마음에 맞으면 소요유와 같다" 하며
근래에 당을 지어 '먹 내음에 취하는 집'이라 하니
맛있는 술을 마셔 온갖 근심 없애는 것 같네.
유 선생 말씀 그르지 않음을 이제야 알겠거니
병이 들면 토탄을 진수처럼 좋아한다 했네.
그대 또한 이 예술에 조예가 지극하여
담장 밑에 쌓인 몽당붓이 산더미 같네.
흥이 나서 한 번 휘두르면 종이 백 장 다 써 버려

준마가 갑자기 구주를 밟고 다니듯 하네.
내 글씨는 내 멋대로라 본래 법도가 없나니
손 가는 대로 점획을 그릴 뿐 법도 따르기를 귀
찮아하는데
뭣 때문에 평판은 내게 유독 관대하여
글자 한 자 종이 한 쪽도 모두 간수하는 걸까?
종요와 장지에 안 뒤지니 그대는 스스로 만족하고
나휘와 조습에 비하면 나도 여유가 있으니
연못가에 나아가 더욱 힘들여 배울 것 없이
비단 천 온전히 가져다 이불로나 쓰세나.

人生識字憂患始,	인생 식 자 우 환 시
姓名粗記可以休.(2)	성 명 조 기 가 이 휴
何用草書誇神速,(3)	하 용 초 서 과 신 속
開卷惝怳令人愁.	개 권 창 황 령 인 수
我嘗好之每自笑,	아 상 호 지 매 자 소
君有此病何能瘳.	군 유 차 병 하 능 추
自言其中有至樂,	자 언 기 중 유 지 락
適意不異逍遙遊.(4)	적 의 불 이 소 요 유
近者作堂名醉墨,	근 자 작 당 명 취 묵
如飲美酒消百憂.	여 음 미 주 소 백 우
乃知柳子語不妄,(5)	내 지 류 자 어 불 망
病嗜土炭如珍羞.	병 기 토 탄 여 진 수
君於此藝亦云至,	군 어 차 예 역 운 지

堆牆敗筆如山丘.[6]　　　퇴장패필여산구

興來一揮百紙盡,　　　흥래일휘백지진

駿馬倐忽踏九州.[7]　　　준마숙홀답구주

我書意造本無法,[8]　　　아서의조본무법

點畫信手煩推求.[9][10]　　　점획신수번추구

胡爲議論獨見假,[11]　　　호위의론독견가

隻字片紙皆藏收.[12]　　　척자편지개장수

不減鍾張君自足,[13]　　　불감종장군자족

下方羅趙我亦優.[14][15]　　　하방라조아역우

不須臨池更苦學,[16]　　　불수림지갱고학

完取絹素充衾裯.[17]　　　완취견소충금주

[해제]

아버지의 삼년상을 치른 후 다시 개봉開封으로 들어간 희령 2
년(1069)에 지은 것으로, 석창서의 서예 솜씨를 칭송하면서
한편으로 건물의 이름을 취묵당이라고 할 만큼 병적으로 서예에
빠져 있는 그에게 해학적인 말투로 너무 열광하지 말라고 충고
하고 있다.

[주석]

(1) 石蒼舒(석창서): 경조京兆(지금의 섬서성 서안西
安) 사람으로 자字가 재미才美이며 행서와 초서를 잘
썼다. 왕문고王文誥의 《소식시집蘇軾詩集》에 의하
면 소식은 봉상부첨판鳳翔府簽判으로 있을 때 장안長
安(지금의 섬서성 서안西安)을 지나게 되면 꼭 그의
집에 들렀다고 한다.

(2) 姓名粗記(성명조기): 《사기史記·항우본기項羽本
紀》에 "항적은 어릴 때 글씨를 배웠으나 학업을 완성
하지 못한 채 그만두고 검술을 배웠는데 또 완성하지
못했다. 그의 작은아버지 항량이 화를 내자 항적이 말
하기를 '글씨는 성명이나 대충 쓸 수 있으면 그만둘
일이고 검술은 한 사람의 상대가 될 뿐이니 배울 것이
못 됩니다. 만인의 상대가 될 만한 것을 배우겠습니
다'라고 하여 항량이 항적에게 병법을 가르쳤더니 항
적이 크게 기뻐했다(項籍少時, 學書不成, 去學劍, 又
不成. 項梁怒之. 籍曰: '書足以記名姓而已; 劍一人敵,

不足學. 學萬人敵.'於是項梁乃敎籍兵法, 籍大喜)"라고
했다.

(3) 神速(신속): 신들린 듯이 빠르게 쓰다. 이 구절은
초서를 너무 날려 쓰면 다른 사람으로 하여금 읽기 힘
들게 만든다는 뜻이다.

(4) 逍遙遊(소요유): 속세의 바깥에서 유유자적하며 노
닐다. <지락至樂>과 <소요유逍遙遊>는 ≪장자莊
子≫의 편명篇名이기도 하다.

(5) 柳子語(유자어): 유종원柳宗元의 <최암에게 보내
는 답장(答崔黯書)>에 "무릇 사람이 문사를 좋아하고
글씨를 좋아하는 것은 모두 병적인 버릇입니다. 나는
일찍이 가슴과 배를 앓는 사람 가운데 토탄을 먹고 싶
어 하고 신 것과 짠 것을 좋아하는 사람을 본 적이 있
는데 그는 그런 것을 얻지 못하면 크게 슬퍼했습니다
(凡人好詞工書, 皆病癖也. 吾嘗見病心腹人, 有思啗土
炭嗜酸鹹者, 不得則大戚)"라고 했다.

(6) 堆牆敗筆(퇴장패필): ≪국사보國史補≫에 "장사의
승려 회소는 초서를 좋아하여 버려진 붓이 수북이 쌓
여 그것을 산 밑에 묻고는 필총이라고 불렀다(長沙僧
懷素, 好草書, 棄筆堆積, 埋於山下, 號曰筆冢)"라고 했
다.

(7) 九州(구주): 옛날에 중국 전토를 분할했던 아홉 개
의 주. 중국 전역을 가리킨다.

(8) 意造(의조): 특정의 필법에 구애되지 않고 자기 마
음이 내키는 대로 쓰는 것을 가리킨다.

(9) 點畫(점획): 서예에 있어서의 점과 획.

(10) 推求(추구): 세심하게 탐구하다.

(11) 見假(견가): 나에게 관용을 베풀다. '가아假我'와 같
은 뜻이다.

(12) 隻字片紙(척자편지): ≪진서晉書·위항전衛恒傳≫
에 "장백영의 초서는 한 조각도 버림받지 않았거니와
오늘날에 이르도록 세상에서는 여전히 그의 글씨를
보배롭게 여긴다(張伯英草書, 寸紙不見遺, 至今世猶
寶其書)"라고 했다.

(13) 鍾張(종장): 종요鍾繇와 장지張芝. 종요는 삼국시
대 위魏나라 사람으로 예서를 잘 썼고, 장지는 후한後
漢 사람으로 초서를 잘 써서 초성草聖이라고 불렸다.

(14) 下方(하방): 아래로 비교하다.

(15) 羅趙(나조): 나휘羅暉와 조습趙襲. ≪법서요록法書
要錄≫에 "나휘와 조습은 둘 다 경조인인데 초서를 잘
썼다(羅暉·趙襲, 幷京兆人, 工草書)"라고 했고, ≪진
서·위항전≫에 "나숙경(나휘)과 조원사(조습)는 장
백영(장지)과 같은 시대 사람으로 서주에서 칭송을
받아 스스로 솜씨를 뽐냈지만 사람들이 매우 의아하
게 생각했다. 그러므로 장백영은 스스로 위로 최씨·
두씨와 비교하면 그들에게 미치기에는 부족하고 아래
로 나씨·조씨와 비교하면 여유가 있다고 했다(羅叔景·
趙元嗣者, 與張伯英幷時, 見稱於西州, 而矜巧自與, 衆
頗惑之. 故伯英自稱上比崔·杜不足, 下方羅·趙有餘)"
라고 했다.

(16) 臨池(임지): 장지는 집에 있는 옷이나 비단에 꼭 글씨를 쓴 뒤에 표백했고, 연못가에 나아가 글씨를 연습하여 연못물이 새까맣게 변했다고 한다. 이로 말미암아 서예학을 임지학臨池學이라고 한다. 왕희지王羲之의 <어떤 사람에게 보내는 편지(與人書)>에 "장지는 연못가에 나아가 서예를 배웠기 때문에 연못물이 온통 새까맣게 물들었습니다(張芝臨池學書, 池水盡黑)"라고 했다.

(17) 衾裯(금주): 이불. 이 구절은 비단 천에 글씨를 연습하는 것보다 그것으로 이불이나 만드는 편이 더 낫다는 뜻이다.

소장하신 돌 병풍을 읊어 보라는 태자소사 구양 선생의 명을 받고

歐陽[1]少師令賦所蓄石屛

그 누가 선생께 돌 병풍을 남겼나?

그 위에 희미한 먹 자국이 있는데

긴 숲과 큰 나무를 그리지 않고

아미산 서쪽의 새하얀 눈과

만 년이 지나도록 늙지도 않고

꼭대기에 서 있는 외로운 솔만 그렸네.

멀리서 바라볼 뿐 다가갈 수는 없는데

벼랑은 무너지고 계곡은 끊어져

산에 걸린 안개 속에 석양빛이 침침하네.

바람을 맞으며 우뚝 섰으니 참으로 멋진 자태

정성 들여 그려 보아야 하느님이 솜씨 있음을 믿네.

필굉과 위언이 죽어 괵산 아래 묻혔는데

내 생각엔 아마도 그들의 뼈는 썩힐 수 있어도

마음은 궁핍하게 하기 어려운지라

신통스런 기지와 교묘한 생각을 발산할 데 없어서
안개로 화해 돌 병풍 속으로 들어간 것이 아닌가 싶네.
예로부터 화백은 속된 사람이 아니어서
만물의 형상을 그리는 것이 대체로 시인과 마찬가지니
공께서 시를 지어 불우한 이 위로하여
필굉과 위언 두 사람으로 하여금
분노를 머금고 지하에서 울지 않게 하소서.

何人遺公石屏風,　　　　하인유공석병풍

上有水墨希微踪.　　　　상유수묵희미종

不畫長林與巨植,　　　　불화장림여거식

獨畫峨嵋山西雪(2)　　　독화아미산서설

嶺上萬歲不老之孤松.　　령상만세불로지고송

崖崩澗絶可望不可到,　　애붕간절가망불가도

孤烟落日相溟濛.(3)　　　고연락일상명몽

含風偃蹇得眞態,(4)　　　함풍언건득진태

刻畫始信天有工.(5)　　　각화시신천유공

我恐畢宏韋偃死葬虢山下,(6)(7)　아공필굉위언사장괵산하

骨可朽爛心難窮.　　　　골가후란심난궁

神機巧思無所發,　　　　신기교사무소발

化爲烟霏淪石中.　　　　화위연비륜석중

古來畫師非俗士,　　　　　고래화사비속사

摹寫物像略與詩人同.　　　모사물상략여시인동

願公作詩慰不遇,　　　　　원공작시위불우

無使二子含憤泣幽宮.[8][9]　무사이자함분읍유궁

[해제]

항주통판杭州通判으로 부임하기 위해 항주로 가는 도중이던 희
령 4년(1071) 9월 구양수가 있는 영주潁州에 들러서 지은 것
이다. 아미산 꼭대기의 독야청청한 늙은 소나무와 그 밑에 있는
천 길 낭떠러지가 그려져 있거나 그와 유사한 무늬가 새겨져 있
는 구양수의 돌 병풍을 보고, 소나무와 기암절벽을 잘 그린 당
나라 때의 화가 필굉과 위언의 영혼이 그 돌 속으로 들어가서
그림 또는 천연의 무늬를 이루고 있을지도 모른다는 기상천외
한 상상을 하면서 다소 해학적인 필치로 지었다. 그리고 형식상
중간중간에 "獨畫峨嵋山西雪嶺上萬歲不老之孤松", "崖崩澗絶可望
不可到", "我恐畢宏韋偃死葬虢山下", "摹寫物像略與詩人同", "無
使二子含憤泣幽宮" 등의 기다란 구절을 배치하면서도 압운은 일
운도저一韻到底를 고수한 독특한 형식의 고체시이다.

[주석]

(1) 歐陽(구양): 구양수歐陽修를 가리킨다. 그는 관문
전학사태자소사觀文殿學士太子少師를 지냈다.

(2) 峨嵋山(아미산): 사천성에 있는 높은 산.

(3) 溟濛(명몽): 비가 부슬부슬 내리고 하늘이 어둑어
둑한 모양.

(4) 偃蹇(언건): 높이 솟은 모양.

(5) 刻畫(각화): 정성을 들여 새기고 그리다.

(6) 畢宏韋偃(필굉위언): 필굉과 위언. 둘 다 당나라 때
의 화가로 소나무와 기암절벽을 잘 그렸다. 주경현朱

景玄의 ≪역대화단歷代畫斷≫에 "필굉은 대력 2년 (767)에 급사중이 되었는데 문하성 벽에다 소나무와 절벽을 그려 놓았더니 호사가들이 그것을 두고 시를 지었다. 위언은 늙은 소나무와 기암절벽을 잘 그려서 한 발만 헛디디면 천 길 낭떠러지인 곳에 소나무 가지를 즐비하게 그려 멋진 경치를 연출했다(畢宏, 大曆二年爲給事中, 畫松石於左省廳壁, 好事者皆以詩詠之. 韋偃工老松·異石, 咫尺千尋, 騈柯攢景)"라고 했다.

(7) 虢山(괵산): 하남성 겹현郟縣 서쪽에 있는 산.

(8) 二子(이자): 필굉과 위언을 가리킨다.

(9) 幽宮(유궁): 무덤.

영주에서 처음으로 자유와 이별하고
潁州[1]初別子由[2]二首

제1수

먼 길 떠날 내 배가 서풍에 돛을 거니
이별의 눈물이 맑은 영수에 떨어지네.
미련을 가져 봐야 무익한 줄 알지만
순식간에 사라질 이 정경이 아쉽네.
내 인생에 세 번이나 이별을 맛봤지만
이번의 이별은 더욱이나 쓰라리네.
생각하면 자네는 선친을 닮아
순박하고 말이 적고 강직하고 조용하네.
말이 적으면 참으로 훌륭한 사람이요
과단성이 있으면 행동이 잽싸다지만
오늘날에 이르도록 천하의 인사 중에
자네처럼 그리 급히 떠난 사람은 없었다네.
아아 나는 오랫동안 미치광이 증세를 앓아

거리낌 없이 내 맘대로 행동했건만
술에 취해 잠시 높은 데서 떨어졌던 사람처럼
다행히도 다치기 전에 깨어나곤 했다네.
지금부터 한가로운 시간을 얻었으니
말없이 가만히 앉아 기나긴 날을 보내려네.
시나 지어 자네의 걱정도 풀어 주고
그걸 통해 하루 세 번 자신도 돌아보려네.

其一

征帆掛西風,	정범괘서풍
別淚滴清潁.(3)	별루적청영
留連知無益,(4)	류련지무익
惜此須臾景.	석차수유경
我生三度別,	아생삼도별
此別尤酸冷.	차별우산랭
念子似先君,	념자사선군
木訥剛且靜.(5)	목늘강차정
寡辭眞吉人,(6)	과사진길인
介石乃機警.(7)(8)	개석내기경
至今天下士,	지금천하사
去莫如子猛.	거막여자맹
嗟我久病狂,	차아구병광

意行無坎井.[(9)(10)]　　　의 행 무 감 정

有如醉且墜,　　　유 여 취 차 추

幸未傷輒醒.　　　행 미 상 첩 성

從今得閑暇,　　　종 금 득 한 가

黙坐消日永.　　　묵 좌 소 일 영

作詩解子憂,　　　작 시 해 자 우

持用日三省.　　　지 용 일 삼 성

제2수

가까이 헤어지면 표정도 안 바꾸고
먼 곳으로 헤어지면 눈물이 가슴을 적시지만
지척으로 헤어져도 서로 보지 못한다면
천 리 밖으로 헤어지는 것과 실은 한가지라네.
우리네 인생에 이별이 없다면
사랑의 소중함을 누가 알리오?
처음 내가 완구로 왔을 적에는
옷자락을 잡아끌며 아이들이 춤췄었네.
이런 한이 있을 줄을 그때 벌써 알았건만
나를 잡으며 가을이나 지내고 가라 했네.
가을도 다 지난 뒤 헤어지건만
이별의 슬픔은 끝끝내 한이 없네.
아이들이 나에게 돌아올 날 묻기에
목성이 동쪽에 오면 돌아온다 말하고
헤어짐과 만남이 순환하듯이

근심과 환희도 번갈아 닥친다 했네.
이 말을 하고 나서 길게 탄식했나니
내 인생이 날아다니는 쑥대 같아서라네.
근심을 많이 하면 머리 일찍 세나니
육일거사의 흰머리를 보지 못했나?

其二

近別不改容,	근별불개용
遠別涕霑胸.	원별체점흉
咫尺不相見,	지척불상견
實與千里同.	실여천리동
人生無離別,	인생무리별
誰知恩愛重.	수지은애중
始我來宛丘,(11)	시아래완구
牽衣舞兒童.(12)	견의무아동
便知有此恨,	변지유차한
留我過秋風.	류아과추풍
秋風亦已過,	추풍역이과
別恨終無窮.	별한종무궁
問我何年歸,	문아하년귀

我言歲在東.[13]   아 언 세 재 동

離合旣循環,   리 합 기 순 환

憂喜迭相攻.   우 희 질 상 공

語此長太息,   어 차 장 태 식

我生如飛蓬.   아 생 여 비 봉

多憂髮早白,   다 우 발 조 백

不見六一翁.[14]   불 견 륙 일 옹

[해제]

항주통판杭州通判으로 부임해 가는 도중이던 희령 4년(1071) 9월 동생과 함께 영주潁州에 있는 구양수歐陽修를 알현한 후 자신은 계속 항주로 가고 동생은 자기 임지인 진주陳州로 되돌아가야 하는 상황에서 동생과 작별하며 지은 것이다. 제1수는 동생과 이별하는 쓰라린 심정을 노래한 것으로 헤어지기 싫어서 미적거리는 자신과 달리 냉철한 이성을 가진 동생이 아무래도 헤어져야 할 것이니 그만 헤어지자고 제안한 것에 대하여 이해는 하면서도 속으로 무척이나 서운해하는 소식의 태도에 그의 다정다감한 성격이 드러나 있다. 제2수에서는 어린 조카들과 헤어진 슬픔을 토로하면서 은연중에 자신의 신세를 한탄하고 아울러 근심 걱정에 대해 초연해지기 위하여 자신을 위로하고 있다.

[주석]

(1) 潁州(영주): 지금의 안휘성 부양阜陽.

(2) 子由(자유): 소식의 동생 소철蘇轍의 자字.

(3) 淸潁(청영): ≪명승지名勝志≫에 "세상이 어지러우면 영수가 흐리고 세상이 태평스러우면 영수가 맑다'는 옛말이 있다(古語云: '世亂潁水濁, 世治潁水淸.')"라고 했다.

(4) 留連(유련): 미련이 남아 머뭇거리며 떠나지 못하다.

(5) 木訥(목눌): 순박하고 말이 적다.

(6) 吉人(길인): 훌륭한 사람. ≪역경易經·계사하繫辭下≫에 "훌륭한 사람의 말은 적다(吉人之辭寡)"라고

했다. 왕헌지王獻之가 두 형인 왕휘지王徽之·왕조지 王操之와 함께 사안謝安에게 갔을 때 두 형은 세상 돌 아가는 이야기를 많이 하고 왕헌지는 안부만 묻고 말 았다. 그들이 돌아간 뒤 옆에 있던 사람이 사안에게 누가 나으냐고 물었더니, "작은 애가 낫소. 훌륭한 사 람은 말이 적은 법이므로 그 애가 말수가 적은 것을 보고 알았소"라고 했다.(≪진서·왕헌지전≫ 참조)

(7) 介石(개석): 절개가 곧다. 과단성이 있음을 뜻한다.

(8) 機警(기경): 눈치가 빠르고 민첩하다. 기민하다.

(9) 意行(의행): 생각대로 행하다. ≪사기史記·월왕구 천세가越王勾踐世家≫에 "범려가 말하기를 '임금은 명 령을 시행하고 신하는 생각을 펼칩니다'라고 했다(范 蠡曰: '君行令, 臣行意.')"라는 말이 있고, 유우석劉禹 錫의 시 <만자가蠻子歌>에 "도끼를 허리에 차고 높 은 산을 오르나니, 옛날 길이 없어서 기분 내키는 대 로 다니네(腰斧上高山, 意行無舊路)"라는 구절이 있다.

(10) 坎井(감정): 함정. 어려움. 장애물.

(11) 宛丘(완구): 소철이 교수로 있는 진주陳州의 다른 이름.

(12) 兒童(아동): 소철의 아이들을 가리킨다. 이 구절은 조카들이 소식을 보고 매우 반가워했음을 뜻한다.

(13) 歲在東(세재동): 세성歲星 즉 목성木星이 동쪽으로 가 있을 때라는 뜻으로 봄이 옴을 뜻한다.

(14) 六一(육일): 구양수는 호가 육일거사六一居士였다.

영구에서 나와 처음으로 회산을 보고 이날 수주에 도착하여

出潁口[1]初見淮山[2], 是日至壽州[3]

우리 일행 밤낮으로 강으로 바다로
단풍잎 갈대꽃에 가을 흥취 깊어 가네.
긴 회하는 갑자기 하늘의 원근이 어렴풋한데
푸른 회산은 오랫동안 배와 함께 일렁였네.
수주는 벌써 저만치에 백석탑을 내미는데
작은 배는 아직까지 띠풀 언덕을 못 돌았네.
바람 자고 파도 스러지길 바랄 수가 없는데
안개 자욱한 강가에서 친구는 애타게 기다리겠네.

我行日夜向江海,　　　　아행일야향강해

楓葉蘆花秋興長.　　　　풍엽로화추흥장

長淮忽迷天遠近,[(4)]　　장회홀미천원근

青山久與船低昂.　　　　청산구여선저앙

壽州已見白石塔,　　　　수주이현백석탑

短棹未轉黃茅岡.[(5)]　　단도미전황모강

波平風軟望不到,　　　　파평풍연망부도

故人久立烟蒼茫.[(6)]　　고인구립연창망

[해제]

희령 4년(1071) 9월 항주통판杭州通判으로 부임하기 위하여 영하를 따라 내려가다가 영하가 막 회하와 합류하려 할 무렵에 처음으로 회산을 본 감회와 수주에 거의 다 도달해 갈 무렵의 감회를 읊은 것이다. 조정을 떠나 지방으로 가는 자신의 울적한 심사와, 친구가 기다릴 것을 생각하면 한시 바삐 수주에 가고 싶지만 풍랑 때문에 뜻대로 되지 않아 안타까워하는 심경이 나타나 있다.

[주석]

(1) 潁口(영구): 안휘성 영상현潁上縣 동남쪽의 영하潁河가 회하淮河로 들어가는 어귀.

(2) 淮山(회산): 강소성 우이현盱眙縣에 있는 산.

(3) 壽州(수주): 지금의 안휘성 수현壽縣 일대. 시원지施元之의 ≪시주소시施注蘇詩≫에 "소동파는 일찍이 붓을 날려 이 시를 쓰고는 논평하기를 '나는 서른여섯 살 때 항주통판으로 부임해 가는 도중 수주를 지나가면서 이 시를 지었다. 이제 쉰아홉이 되어 영남 지방으로 폄적되어 가는 도중 건주에 이르렀는데 이슬비가 구슬프게 내려 그때의 기상이 많이 있다'라고 했다 (東坡嘗縱筆書此詩且題云: '予年三十六, 赴杭倅過壽作此詩. 今五十九, 南遷至虔, 煙雨淒然, 頗有當年氣象也.')"라는 주석이 있다.

(4) 長淮(장회): 회하. ≪도경圖經≫에 "회하는 장강長

74

江·황하黃河·제수濟水와 더불어 4대 강의 하나로
사주 귀산에서 동북쪽으로 흘러 변하와 합류하고 동
북쪽으로 바다에 들어가는바 이것을 장회라고 한다
(淮河, 四瀆之一, 自泗州龜山東北流, 與汴河合, 東北
入海, 卽長淮也)"라고 했다.

(5) 黃茅岡(황모강): 누런 띠풀이 무성한 산등성이.

(6) 蒼茫(창망): 넓고 멀어서 아득한 모양.

소요대

逍遙臺[1]

죽거든 곧 그 자리에 묻어 달랬던
유령의 말을 내 항상 괴이하게 여겼거니
어찌하여 그 사람은 죽음은 잊으면서
썩어 버릴 뼈다귀는 잊지 못했나?
까마귀 솔개에게서 빼앗아 땅강아지 개미에게 주
려는 마음
누가 선생에게 이 마음이 없었다고 믿겠나?

常怪劉伶死便埋,[2]	상괴 류령 사 변 매
豈伊忘死未忘骸.	기 이 망 사 미 망 해
烏鳶奪得與螻蟻,[3]	오 연 탈 득 여 루 의
誰信先生無此懷.[4][5]	수 신 선 생 무 차 회

[해제]

항주통판杭州通判으로 부임해 가는 도중이던 희령 4년(1071) 10월, 호주濠州(지금의 안휘성 봉양鳳陽)에 이르러 그곳의 명승을 읊은 〈호주를 읊은 절구 일곱 수(濠州七絶)〉 중의 한 수이다. 자기가 죽거든 그 자리에 묻어 달라며 항상 삽을 가지고 다녔다는 유령의 철저하게 달관하지 못한 태도를 비판한 후, 장자는 유령과 달리 철저하게 달관한 사고를 가지고 있었음에도 불구하고 후인들에게 자신의 본심이 제대로 이해되지 못하여 그의 무덤이 만들어지거나 소요대처럼 그와 관련된 유적이 보존되고 있음을 다소 해학적인 필치로 꼬집었다.

[주석]

(1) 逍遙臺(소요대): 지금의 안휘성 봉양현鳳陽縣에 있다. 소식의 자주에 "장자의 사당은 개원사에 있은즉 무덤이 바로 사당이다(莊子祠堂在開元寺, 卽墓爲堂也)"라고 했고, ≪태평환우기太平寰宇記≫에 "남화진인의 무덤은 주에서 동쪽으로 2리 되는 곳에 있는 개원사 강당 뒤에 있다(南華眞人冢, 在州東二里開元寺講堂後)"라고 했으며, ≪명승지名勝志≫에 "당나라 자사 양연사가 흙을 쌓아서 만들고 그 위에 장자의 상을 새겼는데 ≪구역지≫에서 장주의 무덤이 여기에 있다고 여겼다(唐刺史梁延嗣累土爲之, 刻莊生像於其上, ≪九域志≫以爲莊周墓在焉)"라고 했다.

(2) 劉伶(유령): 서진西晉 사람으로 자字가 백륜伯倫이

고 죽림칠현의 한 사람이었다. ≪동파지림東坡志林·
인물人物≫에 "유백륜은 항상 삽을 가지고 다니면서
'내가 죽거든 나를 그 자리에 묻어 달라'고 했다. 이에
나는 말한다. '유백륜은 달관한 사람이 아니다. 널이
나 의복이 달관하는 데 방해가 되지는 않는다. 정말로
그렇지 않다면 죽으면 그것으로 그만이지 굳이 묻을
필요가 어디 있는가?'(劉伯倫常以鍤自隨, 曰:'死便埋
我.' 蘇子曰:'伯倫非達者也. 棺槨衣衾, 不害爲達, 苟
爲不然, 死則已矣, 何必更埋.')"라고 했다.

(3) 螻蟻(누의): 땅강아지와 개미. 땅속에 사는 벌레를
가리킨다. 장자가 죽으려 할 때 제자들이 그를 성대하
게 장사 지내려고 하자 장자가 자기는 하늘을 관으로
여기고, 일월성신을 구슬 장식으로 여기고, 만물을 부
장품으로 여기기 때문에 자신의 장례용품은 더 이상
아무것도 필요하지 않다고 했다. 제자들이 까마귀나
솔개가 선생님을 파먹을까 봐 걱정이라고 하자 장자
가 위쪽에 두면 까마귀와 솔개의 밥이 될 것이고 아래
쪽에 두면 땅강아지와 개미의 밥이 될 것인데 저놈에
게 줄 것을 빼앗아 이놈에게 주는 것은 편파적인 일이
아니냐고 반문했다.(≪장자莊子·열어구列禦寇≫ 참조)

(4) 先生(선생): 장자를 가리킨다.

(5) 此懷(차회): 까마귀나 솔개에게서 빼앗아 땅강아지
나 개미에게 주려는 마음을 가리킨다.

사주의 승가탑

泗州[1] 僧伽塔[2]

옛날에 고향 갈 때 변하에다 배를 맸지.
사흘 동안 역풍 불어 모래가 뺨을 쳤지.
뱃사공이 너도나도 영험한 탑에 빌랬었지.
향도 다 타기 전에 풍향이 바뀌었었지.
돌아보니 어느 사이 장교가 아득하고
귀산에 다다라도 아침때가 덜 됐었지.
경지에 이른 사람 세상일에 무심한 법
누구에게 후하고 누구에게 박하랴만
나는 스스로 사심을 품고 편리함을 기뻐했지.
밭을 가는 사람은 비 오기를 기다리고
수확하는 사람은 맑아지길 바라는 법
가는 이가 순풍을 만나면 오는 이가 원망하리.
빈다고 사람마다 소원이 이루어진다면
조물주는 하루에도 천 번을 변해야 하리.
지금 나는 세상과 너무나 동떨어져

가면 가나 보다 하고 오면 오나 보다 한다.
순풍 맞아 갈 수 있길 진심으로 바라지만
그냥 머물러 있는 것도 나쁘지는 않나니
올 때마다 빌어 대면 신령님도 귀찮으리.
옛날에 한유는 삼백 자라 했지만
징관이 세운 탑은 지금 이미 바뀌었다.
속인이 붉은 층계를 더럽힌다고 싫어하지 않으면
구름 산에 에워싸인 회하 벌판 좀 보련다.

我昔南行舟繫汴,(3)　　　아 석 남 행 주 계 변

逆風三日沙吹面.　　　역 풍 삼 일 사 취 면

舟人共勸禱靈塔,　　　주 인 공 권 도 령 탑

香火未收旃脚轉.(4)　　향 화 미 수 기 각 전

回頭頃刻失長橋,(5)　　회 두 경 각 실 장 교

却到龜山未朝飯.(6)　　각 도 귀 산 미 조 반

至人無心何厚薄,(7)　　지 인 무 심 하 후 박

我自懷私欣所便.　　　아 자 회 사 흔 소 편

耕田欲雨刈欲晴,　　　경 전 욕 우 예 욕 청

去得順風來者怨.　　　거 득 순 풍 래 자 원

若使人人禱輒遂,(8)　　약 사 인 인 도 첩 수

造物應須日千變.　　　조 물 응 수 일 천 변

今我身世兩悠悠,(9)　　금 아 신 세 량 유 유

去無所逐來無戀.　　　　거무소축래무련

得行固願留不惡,　　　　득행고원류불악

每到有求神亦倦.　　　　매도유구신역권

退之舊云三百尺,[(10)]　　퇴지구운삼백척

澄觀所營今已換.[(11)]　　징관소영금이환

不嫌俗士汚丹梯,　　　　불혐속사오단제

一看雲山繞淮甸.[(12)]　　일간운산요회전

[해제]

소식은 치평 3년(1066)에 아버지의 장례를 치르기 위하여 변하汴河·사수泗水·회하淮下를 거쳐 고향으로 돌아갔는데 이때 사수에서 풍랑을 만나 발이 묶이는 바람에 사주 승가탑에 기도를 올려 우연히 효험을 본 적이 있었다. 이 시는 희령 4년(1071) 10월에 다시금 그곳을 지나면서 그때의 일을 회상한 것으로 그의 합리적 사고방식과 통달한 인생관을 엿보게 한다. 제8구까지는 지난 일을 회상한 것이고, 그 뒤는 지금 다시 그곳을 지나면서 느낀 바를 서술한 것이다.

[주석]

(1) 泗州(사주): 지금의 안휘성 사현泗縣 일대. ≪태평환우기太平寰宇記≫에 "사주는 남쪽으로 회수까지 1리이며 우이와 경계를 이룬다(泗州南至淮水一里, 與盱眙分界)"라고 했다.

(2) 僧伽塔(승가탑): 당나라 때의 유명한 서역 승려인 승가대사僧伽大師의 공덕을 기리기 위하여 세운 불탑. 승가는 원래 총령葱嶺 북쪽의 하국인何國人으로 속성이 하씨何氏였는데 어릴 때 출가하여 처음 서량西凉으로 갔다가 다시 강회江淮로 갔다. 용삭(661-663) 초에 사주 신의방信義坊에 절을 세웠으며 중종 경룡 4년(710)에 입적했다. 이 탑에 빌면 바람을 비는 사람에게는 바람을 나눠 주고 자식을 비는 사람에게는 자식을 주었다.(≪고승전高僧傳≫ 참조)

(3) 汴(변): 변하汴河. 하남성을 지나 황하로 들어가
   는 강.

(4) 旂脚(기각): 깃발의 아랫부분.

(5) 長橋(장교): 사주성 동쪽에 있던 다리.

(6) 龜山(귀산): 지금의 안휘성 우이현盱眙縣 북쪽에
   있는 산. ≪구역지九域志≫에 "사주 우이현 귀산진(泗
   州盱眙縣龜山鎭)"이라고 했고, ≪태평환우기≫에 "양
   산은 또 개칭하여 장위산이라고도 하는데 초주의 서
   남쪽 우이현의 북쪽에 있는바 이것이 바로 하귀산이
   다. 위에는 절벽이 있고 아래에는 깊은 연못이 있으니
   송 문제가 성을 쌓아 위나라에 항거한 곳이다(梁山又
   改爲長圍山, 在楚州西南盱眙縣北, 卽下龜山也. 上有
   絶壁, 下有重淵, 宋文帝築城拒魏處)"라고 했다.

(7) 何厚薄(하후박): 어찌 후대하거나 박대하겠는가.
   차별하지 않는다는 뜻이다.

(8) 若使(약사): 만약 ~한다면.

(9) 身世(신세): 자기 몸과 현실세계. 포조鮑照의 시
   <영사詠史>에 "엄군평은 혼자서 적막하게 살았나니,
   자기 몸과 세상이 서로 버렸네(君平獨寂寞, 身世兩相
   棄)"라고 했다. 또 소식의 시 <8월 15일에 조수를 구
   경하고 지은 절구 다섯 수(八月十五日看潮五絶)> 제
   3수에도 "강가에서 몸과 세상 동떨어진 채, 오랫동안
   창파와 함께 머리가 세고 싶네(江邊身世兩悠悠, 久與
   滄波共白頭)"라는 구절이 있다.

(10) 退之(퇴지): 당나라 시인 한유韓愈의 자字. 한유가

본 승가탑은 당나라 중엽의 고승 징관澄觀이 세웠는데 한유의 시 <징관 스님을 전송하며(送僧澄觀)>에 "우뚝하니 삼백 자나 높이 솟았다(突兀便高三百尺)"라고 했다. 그러나 소식이 본 것은 태평흥국 7년(982)에 다시 세운 것으로 한유가 본 것과 다른 것이었다.

(11) 澄觀(징관): ≪운어양추韻語陽秋≫에 "당나라 중엽에 스님 가운데 네 명의 징관이 있었는데 탑을 세워 승가대사를 안치한 사람은 낙양의 징관으로 한유가 원화 5년(810)에 낙양령이 되었을 때 시를 써 준 사람이다(唐中葉, 浮屠中有四澄觀. 架支提以舍僧伽者, 洛陽之澄觀也. 退之元和五年爲洛陽令與之詩者也)"라고 했다.

(12) 淮甸(회전): 회하 주변의 들판.

귀산

龜山[1]

내 인생 오락가락 무엇을 찾으러 다니나?
오 년 만에 또 다시 귀산을 지나가네.
이 몸은 만 리를 다녔으니 천하의 절반인데
스님은 한 암자에 누운 채 머리가 세기 시작하네.
땅이 중원에서 떨어져 있어 애써 북쪽을 바라보나니
창해로 이어진 저 물을 따라 동쪽으로 가고 싶네.
원가 시절의 옛날 일을 기억하는 이 없는데
무너진 옛날 보루 아직 남아 있을까?

我生飄蕩去何求,　　　　아 생 표 탕 거 하 구

再過龜山歲五周.(2)　　　재 과 귀 산 세 오 주

身行萬里半天下,　　　　신 행 만 리 반 천 하

僧臥一菴初白頭.　　　　승 와 일 암 초 백 두

地隔中原勞北望,　　　　지 격 중 원 로 북 망

潮連滄海欲東游.(3)　　　조 련 창 해 욕 동 유

元嘉舊事無人記,(4)　　　원 가 구 사 무 인 기

故壘摧頹今在不.　　　　고 루 최 퇴 금 재 부

[해제]

항주통판杭州通判으로 부임해 가는 도중이던 희령 4년(1071) 10월, 5년 전에 아버지의 영구를 모시고 고향으로 돌아갈 때 지나갔던 귀산을 다시 지나가면서 느낀 바를 노래한 것이다. 관직을 따라 여기저기 떠돌아다녀야 하는 자신의 신세에 대한 비감과 조정에 간신배들이 득실거리는 정치적 현실에 대한 절망, 그리고 이로 인하여 생긴 세속적인 일에 대한 허무감과 은퇴에의 염원 등이 나타나 있다.

[주석]

(1) 龜山(귀산): 지금의 안휘성 우이현盱眙縣 북쪽에 있는 산.

(2) 歲五周(세오주): 햇수가 만 5년이 되다. 소식은 만 5년 전인 치평 3년(1066) 가을에도 아버지의 영구를 싣고 고향으로 돌아가기 위해 이곳을 지나갔다.

(3) 東游(동유): 동쪽으로 떠가다. ≪논어論語 · 공야장 公冶長≫에 "도가 행해지지 않아서 뗏목을 타고 바다로 나간다면 나를 따라갈 사람은 아마 유이리라!(道不行, 乘桴浮於海, 從我者其由與!)"라고 한 말을 원용한 것이다.

(4) 元嘉(원가): 남조 송나라 문제의 연호(424-453). 소식의 자주自註에 "송 문제가 장수를 파견하여 북위의 태무제에게 항거하느라 이 산에 성을 쌓았다(宋文帝遣將拒魏太武, 築城此山)"라고 했다.

금산사를 유람하고
遊金山寺[1]

우리 집은 장강이 발원하는 곳인데
벼슬 따라 장강의 하류까지 흘러왔네.
장강에는 파고가 한 길이나 된다더니
물 빠진 겨울에도 모래 흔적 남아 있고
중령천 남쪽의 비탈진 저 반석은
예로부터 변함없이 파도 따라 출몰하네.
꼭대기에 올라가 고향을 바라보니
강남도 강북도 청산이 첩첩이네.
객수에 젖은 나그네는 저물기 전에 돌아가려는데
스님은 한사코 낙조를 보라고 붙잡네.
만경창파에 미풍이 불어 신발 무늬 그려 놓고
저녁놀은 하늘 위에 고기 꼬리 그려 놓네.
이때 강에서 희미한 초승달이 뜨더니
이경 되자 달이 져서 하늘이 깜깜한데
강 속에 횃불이 든 듯 수면이 훤하더니

나는 화염이 산을 비춰 자던 새를 놀라게 하네.
울적하게 돌아와 자리에 들었건만
내 마음 알아줄 이 한 사람도 없나니
귀신도 아닌 것이 사람도 아닌 것이
도대체 뭣이기에 내 마음을 괴롭히나?
강산이 이리 좋은데 산으로 안 돌아가니
나의 이 완고함에 강의 신이 놀라서
괴이한 현상으로 나무라는 것이리라.
부득이한 일이라고 신령님께 사죄하고
땅이 있어도 안 돌아가면 달게 벌을 받겠다고
강물을 앞에 두고 맹세하노라.

我家江水初發源,[2]	아 가 강 수 초 발 원
宦游直送江入海.[3]	환 유 직 송 강 입 해
聞道潮頭一丈高,[4]	문 도 조 두 일 장 고
天寒尙有沙痕在.	천 한 상 유 사 흔 재
中泠南畔石盤陀,[5]	중 령 남 반 석 반 타
古來出沒隨濤波.	고 래 출 몰 수 도 파
試登絶頂望鄕國,	시 등 절 정 망 향 국
江南江北靑山多.	강 남 강 북 청 산 다
羈愁畏晚尋歸楫,[6]	기 수 외 만 심 귀 즙
山僧苦留看落日.	산 승 고 류 간 락 일
微風萬頃靴文細,[7]	미 풍 만 경 화 문 세
斷霞半空魚尾赤.[8]	단 하 반 공 어 미 적
是時江月初生魄,[9]	시 시 강 월 초 생 백

二更月落天深黑.[10]　　　　　이경월락천심흑

江心似有炬火明,　　　　　　강심사유거화명

飛焰照山棲鳥驚.　　　　　　비염조산서조경

悵然歸臥心莫識.[11]　　　　　창연귀와심막식

非鬼非人竟何物.[12]　　　　　비귀비인경하물

江山如此不歸山,　　　　　　강산여차불귀산

江神見怪驚我頑.[13]　　　　　강신견괴경아완

我謝江神豈得已,[14]　　　　　아사강신기득이

有田不歸如江水.[15]　　　　　유전불귀여강수

[해제]

소식은 희령 4년(1071) 11월 3일 항주로 가는 도중 강소성 진강에 있는 금산사를 구경했는데, 이 시는 그날 밤에 자신의 고향 부근에서 발원하여 황해로 들어가는 장강을 바라보면서 고향을 떠나 황해에 가까운 이곳 진강까지 흘러오게 된 자신의 신세를 돌이켜보며 깊은 향수에 젖어서 지은 것이다. 더구나 그날 밤에 본 범상치 않은 자연현상이 조정에서 밀려나 지방으로 부임해 가는 그의 심경을 더욱 착잡하게 했다.

[주석]

(1) 金山寺(금산사): 강소성 진강鎭江의 금산에 있는 절로 옛날 이름은 택심사澤心寺였다. 금산은 장강長江의 물길이 바뀌는 바람에 청나라 때 남쪽의 육지와 붙어 버렸지만 옛날에는 장강 안에 솟아 있었다. ≪태평환우기太平寰宇記≫에 "금산의 택심사는 윤주성 동남쪽의 양자강 안에 있는데 스님이 산을 파서 금을 캤기 때문에 금산사라고 부른다(金山澤心寺, 在潤州城東南揚子江中, 因頭陀開山得金, 故名金山寺)"라고 했다.

(2) 江水(강수): 장강의 물.

(3) 江入海(강입해): 장강이 바다 즉 황해로 들어가는 곳. 진강을 가리킨다.

(4) 聞道(문도): ~라고 말하는 것을 듣다.

(5) 中泠(중령): 중령천中泠泉. 금산사 밑에 있는 샘으

93

로 지금은 장강 남쪽이 되었지만 옛날에는 장강 안에
있었으며 물맛이 좋아 천하제일천으로 불렸다.

(6) 尋歸楫(심귀즙): 숙소로 돌아갈 배를 찾다.

(7) 靴文(화문): 신발 자국 모양의 무늬. 산들바람으로
    생긴 수없이 많은 잔물결을 짚신 자국에 비유한 것
    이다.

(8) 魚尾赤(어미적): ≪시경詩經·주남周南·여하의 방
    죽(汝墳)≫에 "방어의 붉은 꼬리(魴魚赬尾)"라는 구절
    이 있는데 이에 대하여 ≪십삼경주소정자十三經注疏正
    字≫에 "정중은 물고기가 살찌면 꼬리가 붉어진다고
    여겼다(鄭衆以爲魚肥則尾赤)"라고 했다.

(9) 初生魄(초생백): 음력 월초에 초승달의 바깥에 생
    기는 빛이 없는 희미한 부분. 보름이 지나 달이 이지
    러지면서 달 바깥에 생기는 것은 '기생백旣生魄'이라
    고 한다.

(10) 二更月落(이경월락): 음력 월초에 생기는 초승달은
     저녁에 서쪽 하늘에 낮게 떴다가 금방 진다.

(11) 悵然(창연): 실의에 젖은 모양.

(12) 非鬼非人(비귀비인): 소식의 자주自註에 "이날 밤
     에 본 것이 이와 같았다(是夜所見如此)"라고 했다. 그
     는 이날 밤 평소에 볼 수 없는 기이한 천문 현상을 보
     고 자신의 신세와 결부시켜 매우 착잡한 심경에 빠졌
     던 것 같다.

(13) 見怪(견괴): 괴이한 현상을 보이다. 탓하다. 나무
     라다.

(14) 豈得已(기득이): 어찌 그만둘 수 있는가. 반문형을 씀으로써 '부득이不得已'보다 강한 어감을 나타낸 것이다.

(15) 如江水(여강수): 강물을 두고 맹세하다. ≪진서晉書·조적전祖逖傳≫에 "강 가운데에서 노를 두들기며 맹세하기를 '조적이 적을 무찔러 중원 땅을 맑게 만들지 못하고 다시 이 강을 건너는 일은 없을 것이니 이 장강을 두고 맹세하리라'라고 했다(中流擊楫而誓曰: '祖逖不能淸中原而復濟者, 有如大江.')"라는 기록이 있다.

납일에 고산으로 가서 노닐다가 혜근·혜사 두 스님을 방문하고

臘日⁽¹⁾遊孤山⁽²⁾訪惠勤惠思⁽³⁾二僧

눈이라도 내릴 듯
호수에 구름이 가득하여
누대는 가물가물 청산은 보이다 말다 한다.
물이 맑아 돌이 보이고 고기도 셀 만하고
숲이 깊어 사람은 없고 새만 서로 불러 댄다.
납일인데 집으로 돌아가 처자와 함께 지내지 않고
도인 방문 핑계 삼아 사실은 혼자 즐긴다.
도인의 거처는 어디에 있나?
보운산 앞의 길이 굽이진 그곳에 있네.
고산은 외롭거니 누가 살려 하라만
도인들은 도가 있어 산속도 안 외로워
종이창의 대나무집 아늑하여 따뜻한 데서
돗자리에 앉아서 털옷을 안고 자네.

날씨 춥고 길 멀다고 마부가 걱정하며
저녁 전에 가야 한다고 수레 챙기며 재촉하매
산을 나와 돌아보니 구름과 나무가 붙었는데
송골매만 부도 위를 맴돌고 있네.
담담했던 이번 걸음 기쁨이 넘쳐
집에 와도 아른아른 꿈을 꾼 듯 삼삼하니
화급하게 시를 지어 놓치지 말아야지
좋은 경치 한 번 놓치면 다시 그리기 어렵다네.

天欲雪,　　　　　　　　천욕설

雲滿湖,　　　　　　　　운만호

樓臺明滅山有無.　　　　루대명멸산유무

水淸石出魚可數,　　　　수청석출어가수

林深無人鳥相呼.　　　　림심무인조상호

臘日不歸對妻孥,　　　　랍일불귀대처노

名尋道人實自娛.　　　　명심도인실자오

道人之居在何許,　　　　도인지거재하허

寶雲山前路盤紆.(4)(5)　　보운산전로반우

孤山孤絶誰肯廬,　　　　고산고절수긍려

道人有道山不孤.(6)　　　도인유도산불고

紙窗竹屋深自暖,　　　　지창죽옥심자난

擁褐坐睡依團蒲.(7)　　　옹갈좌수의단포

天寒路遠愁僕夫,　　　　　천한로원수복부

整駕催歸及未晡.[8]　　　　정가최귀급미포

出山迴望雲木合,　　　　　출산회망운목합

但見野鶻盤浮圖.[9]　　　　단견야골반부도

玆遊淡薄歡有餘,　　　　　자유담박환유여

到家恍如夢蘧蘧.[10]　　　도가황여몽거거

作詩火急追亡逋,[11]　　　작시화급추망포

淸景一失後難摹.　　　　　청경일실후난모

[해제]

혜근과 혜사는 모두 당시의 이름난 시승으로, 혜근은 구양수歐
陽修가 소식에게 항주에 가면 그를 한번 만나 보라고 권할 정도
였고, 혜사는 왕안석王安石과 서로 시를 주고받을 정도였다. 소
식은 희령 4년(1071) 11월에 항주통판杭州通判으로서 항주에
도착하여 3일째 되는 날 바로 그들을 방문했다. 이 시는 소식이
그들을 만나러 갔다가 돌아오면서 본 주변의 경치와 자신의 심
경을 그린 것이다.

[주석]

(1) 臘日(납일): 동지 후 세 번째 술일戌日. 이날 한 해
    동안 지은 농사 상황과 그 밖의 일들을 여러 신에게
    고하는 납제臘祭를 지낸다.

(2) 孤山(고산): 항주杭州 서호西湖 안에 있는 산.

(3) 惠勤惠思(혜근혜사): 둘 다 북송 때의 유명한 시승
    詩僧이다.

(4) 寶雲山(보운산): 항주 서호의 북쪽에 있는 산.

(5) 盤紆(반우): 꼬불꼬불하다.

(6) 山不孤(산불고): 산의 이름이 고산이라는 데에 착
    안하여 해학적으로 표현한 것이다.

(7) 團蒲(단포): 부들을 엮어서 만든 둥근 돗자리.

(8) 及未晡(급미포): 저녁이 되기 전에 시간을 맞추어
    서 가다.

(9) 浮圖(부도): 부도浮屠. 불탑佛塔.

(10) 蘧蘧(거거): 엄연한 모양. ≪장자莊子·제물론齊物

論≫에 "옛날에 장주가 꿈에 나비가 되었다. 그는 활기차게 훨훨 날아다니는 나비였다. 스스로 기분이 유쾌함을 느낄 뿐 자기가 장주라는 사실은 알지 못했다. 그러다가 갑자기 꿈에서 깨어나니 그는 엄연한 장주였다. 그러니 장주가 꿈에 나비가 되었던 것인지 나비가 꿈에 장주가 되었던 것인지 알 수가 없었다(昔者莊周夢爲胡蝶, 栩栩然胡蝶也. 自喩適志與, 不知周也. 俄然覺, 則蘧蘧然周也. 不知周之夢爲胡蝶, 胡蝶之夢爲周與)"라고 했다.

(11) 追亡逋(추망포): 달아나는 것을 바짝 쫓아가다.

자유를 희롱하여
戱子由[1]

완구 선생은 키가 커서 언덕 같은데
완구 학사는 집이 작아 조각배 같네.
완구 선생은 언제나 고개 숙인 채
경전과 사서를 낭송하는데
갑자기 하품하며 기지개 켜다
쿵 하고 천정에 머리를 받네.
장막에 바람 불어 얼굴에 비가 치면
선생은 태연한데 옆 사람이 부끄럽네.
배 터져 죽을 난쟁이야 동방삭을 비웃어 보렴.
빗속에 섰을망정 진나라 가수야 되겠느냐!
눈앞의 다툼이야 말할 것 없고
감정을 다 죽이고 천상에서 놀아야지.
책을 만 권 읽었어도 법률은 읽지 않아
우리 임금 요순으로 만들 수 없음을 잘도 아네.
권농의 갓과 수레가 구름처럼 부산해도

늙은이에겐 나물과 소금이 꿀같이 달다.
문 앞의 모든 일을 거들떠보지도 않고
고개 항상 숙였어도 기개는 높다.
여항 땅의 통판은 공로도 없이
오장기가 들어가는 으리으리한 단청집에 사는데
허공에 걸린 겹겹의 누각에 빗소리도 아련하고
인적 드문 수많은 건물에 바람소리 스산하다.
평생토록 부끄럽게 여겨 온 일이건만
지금은 오히려 부끄러운 줄도 모르고
편안하게 앉은 채로 지친 백성 대하고
그것도 모자라서 채찍질도 한다네.
길에서 양호를 만나면 그를 불러 얘기하나니
속으로는 그른 줄 알면서 입으로는 맞장구친다네.
지위만 높고 뜻이 낮으면 정말 무슨 보탬이 되리
의기와 절개가 쪼그라들어 이제 얼마 안 남았네.

문장은 잔재주라 칠 게 없지만
선생과 통판이 다 옛날에는 이름을 날렸으니
지금은 노쇠하여 둘 다 쓸모없을지라도
세인들에게 맡기어 경중을 가려 보세.

宛丘先生長如丘,(2)　　　　완구선생장여구

宛丘學舍小如舟.　　　　　완구학사소여주

常時低頭誦經史,(3)　　　　상시저두송경사

忽然欠伸屋打頭.(4)　　　　홀연흠신옥타두

斜風吹帷雨注面,　　　　　사풍취유우주면

先生不愧旁人羞.　　　　　선생불괴방인수

任從飽死笑方朔,(5)(6)(7)　임종포사소방삭

肯爲雨立求秦優.(8)　　　　긍위우립구진우

眼前勃蹊何足道,(9)　　　　안전발혜하족도

處置六鑿須天游.(10)(11)　처치륙착수천유

讀書萬卷不讀律,　　　　　독서만권부독률

致君堯舜知無術.(12)　　　치군요순지무술

勸農冠蓋鬧如雲,(13)(14)　권농관개뇨여운

送老虀鹽甘似蜜.[15][16]　　송로제염감사밀

門前萬事不挂眼,　　문전만사불괘안

頭雖長低氣不屈.　　두수장저기불굴

餘杭別駕無功勞,[17]　　여항별가무공로

畫堂五丈容旐旄.[18]　　화당오장용기모

重樓跨空雨聲遠,　　중루과공우성원

屋多人少風騷騷.[19]　　옥다인소풍소소

平生所慚今不恥,　　평생소참금불치

坐對疲氓更鞭箠.　　좌대피맹갱편추

道逢陽虎呼與言,[20]　　도봉양호호여언

心知其非口諾唯.[21]　　심지기비구낙유

居高志下眞何益,　　거고지하진하익

氣節消縮今無幾.　　기절소축금무기

文章小技安足程,⁽²²⁾　　　　문장소기안족정

先生別駕舊齊名.⁽²³⁾　　　　선생별가구제명

如今衰老俱無用,　　　　　　여금쇠로구무용

付與時人分重輕.　　　　　　부여시인분중경

[해제]

이 시는 항주통판으로 부임한 지 얼마 안 된 희령 4년(1071) 12월에 지은 것으로, 청묘법의 실시를 반대하다가 왕안석의 미움을 사 진주의 주학교수로 밀려났으나 어려운 생활 속에서도 의연하게 지내는 동생의 기품을 해학적으로 묘사하고, 이와는 대조적으로 동생에 비해 고대광실에서 호화로운 생활을 하면서 마음에도 없이 백성들을 핍박하는 자신의 못난 행태를 자조하고 있다. 이는 궁극적으로 높은 자리에 있으면서도 국태민안을 위한 큰 뜻을 품지 못하고 오히려 백성을 괴롭히기만 하는 고관대작들의 무사안일과 무능을 풍자한 것이기 때문에 나중에 오대시안烏臺詩案의 근거가 되는 비방시의 하나였다.

[주석]

(1) 子由(자유): 소식의 동생 소철蘇轍의 자字.

(2) 宛丘先生(완구선생): 소철을 가리킨다. 완구宛丘는 진주陳州의 별칭인바, 소철이 당시 진주주학陳州州學의 교수였기 때문에 그를 장난스럽게 불러서 완구 선생이라 했다.

(3) 經史(경사): 경전經典과 사서史書.

(4) 欠伸(흠신): 하품을 하고 기지개를 켜다.

(5) 任從(임종): 마음대로 하게 내버려 두다.

(6) 飽死(포사): 배가 불러 죽을 지경이 되다. ≪한서漢書·동방삭전東方朔傳≫에 "난쟁이는 키가 석 자 남짓밖에 안 되는데 봉록이 쌀 한 자루와 돈 240전이고

저 동방삭은 키가 아홉 자 남짓이나 되는데도 역시 봉록이 쌀 한 자루와 돈 240전이니 난쟁이는 배가 불러서 죽을 지경이고 저 동방삭은 배가 고파서 죽을 지경입니다(侏儒長三尺餘, 奉一囊粟, 錢二百四十; 臣朔長九尺餘, 亦奉一囊粟, 錢二百四十. 侏儒飽欲死, 臣朔飢欲死)"라고 했다.

(7) 方朔(방삭): 동방삭. 한나라 때의 문학가. 여기서는 소철을 가리킨다.

(8) 秦優(진우): 진秦나라의 가수. 작은 성취에 만족하는 소인배를 가리킨다. 어느 비 오는 날 시황제가 잔치를 베풀었다. 난쟁이 가수는 실내에서 시황제를 모시는데 이에 반해 키 큰 근위병들은 비를 맞으며 바깥에 서 있는 것을 보고 난쟁이 가수는 그들을 매우 안쓰럽게 여겼다.(≪사기史記·골계전滑稽傳≫ 참조)

(9) 勃蹊(발혜): 다투다. ≪장자莊子·외물外物≫에 "태안에도 넓은 공간이 있고 마음속에도 천상에서 노니는 것 같은 자유로운 공간이 있다. 집 안에 빈 공간이 없으면 며느리와 시어머니가 갈등을 일으키고 마음속에 자유롭게 노닐 공간이 없으면 여러 가지 정욕이 서로 다투게 된다(胞有重閬, 心有天遊. 室無空虛, 則婦姑勃蹊, 心無天遊, 則六鑿相攘)"라고 했다.

(10) 六鑿(육착): 여섯 가지 감정. 육정六情.

(11) 天游(천유): 천상에서 자유로이 노닐다.

(12) 致君堯舜(치군요순): 임금을 요순과 같은 성군으로 만들다. 두보杜甫의 시 <위좌승 어르신께(奉贈韋左

109

丞丈二十二韻)>에 "임금님을 요순의 윗자리에 올려
놓고, 이어서 풍속을 순화시키려 했습니다(致君堯舜
上, 再使風俗淳)"라고 했다.

(13) 勸農(권농): 농사를 시찰하고 독려하는 관리. 신법
의 추진을 맡은 관리를 말한다.

(14) 冠蓋(관개): 관리의 갓과 수레 덮개.

(15) 送老(송로): 노년기를 보내다.

(16) 虀鹽(제염): 나물과 소금.

(17) 餘杭別駕(여항별가): 항주통판杭州通判. 소식 자신
을 가리킨다.

(18) 五丈(오장): 오장기. 길이가 5장인 큰 깃발.

(19) 騷騷(소소): 바람이 부는 소리.

(20) 陽虎(양호): 계씨季氏의 가신으로 노나라의 정권을
전횡한 양화陽貨. 당시 송나라의 정권을 농단하던 신
법파의 관리를 가리킨다. 양화가 공자孔子를 만나고
싶어 했으나 공자가 만나 주지 않으므로 공자에게 돼
지를 보냈다. 공자가 인사를 안 할 수도 없고 그를 만
나기도 싫고 하여 그가 집에 없을 때 찾아가 인사를
하고 돌아오는데 공교롭게도 도중에 그와 부닥치고
말았다. 양화가 공자에게 "가슴에 보물을 품고 있으면
서 나라가 혼미해지도록 놓아둔다면 어질다고 할 수
있겠소?" 하고 묻자 공자가 "할 수 없지요"라고 했다.
양화가 "일하기를 좋아하면서 자주 시기를 놓친다면
지혜롭다고 할 수 있겠소?"라고 하자 공자가 "할 수
없지요"라고 했다. 양화가 "날이 가고 달이 가서 세월

은 우리를 기다려 주지 않는다오"라고 하자 공자가 "예. 나는 장차 벼슬을 할 것입니다"라고 함으로써 양화와의 논쟁을 회피했다.(≪논어論語·양화陽貨≫ 참조) 이 구절은 소식이 스스로 자신의 태도를 못마땅하게 여긴 자조적인 표현이다.

(21) 諾唯(낙유): "예!" 하고 승낙하다.

(22) 安足程(안족정): 어찌 능력을 측정하는 표준으로 삼을 만하겠는가.

(23) 齊名(제명): 함께 이름을 날리다.

길상사의 승려가 누각의 이름을 지어 달라기에
吉祥寺僧求閣名

눈을 스치는 영고성쇠는 번개와 바람
어떻게 장구하랴 꽃이 피는 것 같거늘.
스님이 가만히 앉아 공을 보는 누각이여
색을 보고 공을 보니 색이 바로 공이로다.

過眼榮枯電與風,[1]　　과안영고전여풍

久長那得似花紅.[2]　　구장나득사화홍

上人宴坐觀空閣,[3][4]　　상인연좌관공각

觀色觀空色卽空.[5]　　관색관공색즉공

[해제]

항주통판杭州通判으로 재임 중이던 희령 5년(1072) 3월 길상사의 승려가 누각의 이름을 지어 달라고 한 일에 즈음하여 불교의 교리를 음미하며 지은 것이다. 제3구의 관공각이 바로 소식이 스님에게 지어 준 누각의 이름으로 중의적인 표현이다.

[주석]

(1) 榮枯(영고): 번영과 쇠락. 영고성쇠.

(2) 那得(나득): 어찌 ~할 수 있겠는가.

(3) 上人(상인): 지혜와 덕을 갖추어 타인의 스승이 될 만한 고승.

(4) 宴坐(연좌): 편안하게 앉아 있다.

(5) 色卽空(색즉공): 〈반야심경般若心經〉에 "색이 곧 공이요, 공이 곧 색이다(色卽是空, 空卽是色)"라고 했다.

빗 속에 천축산의 영감관음원을 보고

雨中遊天竺[(1)]靈感觀音院[(2)]

누에는 늙으려 하고
보리는 반쯤 노래졌는데
앞산에도 뒷산에도 빗물이 콸콸 흐른다.
농부는 쟁기를 던져 버리고
아낙네는 광주리를 팽개쳤는데
불당에는 관음상이 하얀 옷을 차려입고
자애로운 표정으로 점잖게 앉아 있다.

蠶欲老,   잠욕로

麥半黃,   맥반황

前山後山雨浪浪.[(3)]   전산후산우랑랑

農夫輟耒女廢筐,   농부철뢰녀폐광

白衣仙人在高堂.   백의선인재고당

[해제]

희령 5년(1072) 초여름에 항주 천축산의 영감관음원에서 지은
것이다. 그해에는 심한 장마로 보리농사와 누에치기에 지장이
많아 농민들의 걱정이 태산 같았는데도 고대광실에서 호의호식
하는 위정자들은 아랑곳하지 않았다. 이를 본 소식이 영감관음
원의 관음상을 빌려 그들의 작태를 풍자한 것이다. 불당 안에
세워진 하얀 관음상이, 옛날에는 가뭄이 심하면 가뭄을 그치게
하고 장마가 심하면 장마를 그치게 했다는 전설이 있건만, 지금
은 장마를 그치게 할 생각은 하지 않고 변함없이 온화한 표정만
짓고 있는 것을 보면서 소식은 고대광실에서 농사를 걱정할 필
요 없이 편안하게 지내는 관료들을 떠올렸던 것이다.

[주석]

(1) 天竺(천축): 절강성 항주杭州에 있는 산.

(2) 靈感觀音院(영감관음원): ≪도경圖經≫에 "진나라
　　천복 4년(939)의 어느 날 저녁 승려 도익이 산 위에
　　서 훤한 빛이 나는 것을 보고 가서 살펴보았더니 기이
　　하게 생긴 나무가 있으므로 목공 공인겸에게 명하여
　　관음상을 새기게 했다. 치평(1064-1068) 연간에 군
　　수 채양이 이 기이한 일을 황제께 아뢰었더니 영감관
　　음원이라는 편액을 하사하셨다(晉天福四年, 僧道翊一
　　夕見山間光明, 往視之, 得奇木, 乃命匠者孔仁謙刻觀音
　　像. 治平中, 郡守蔡襄表其異事上之, 賜靈感觀音院額)"
　　라고 했고, ≪함순임안지咸淳臨安志≫에 "상천축산에

있는 영감관음사는 오월吳越의 충의왕 전숙錢俶이 꿈에 한 흰 옷 입은 사람이 나타나 자기 거처를 손질해 달라고 하는 것을 본 바로 그곳으로 그는 절을 창건하고 천축간경원이라고 불렀다. 함평(998-1003) 초에 군수 장거화가 날이 하도 가물어서 고승을 모시고 범천사로 가서 치성을 드렸더니 그날로 비가 내렸다. 이로부터 홍수가 나거나 가뭄이 들면 꼭 그곳으로 찾아갔다. 가우(1056-1063) 말에 심문통이 조정에 청원하여 영감관음원이라는 이름을 하사받았다(上天竺靈感觀音寺, 錢忠懿王夢白衣人求治其居, 乃卽其地, 創佛廬, 號天竺看經院. 咸平初, 郡守張去華以旱迎大士至梵天寺致禱, 卽日雨, 自是水旱必謁焉. 嘉祐末, 沈文通請於朝, 賜名靈感觀音院)"라고 했다.

(3) 浪浪(낭랑) : 빗물이 흘러 내려가는 모양.

6월 27일 날 망호루에서 술에 취해 쓴 절구 다섯 수(제1·2·5수)

六月二十七日望湖樓(1)醉書五絶(其一·二·五)

제1수

먹 쏟은 듯 검은 구름이 산을 채 덮기 전에
하얀 비가 진주 되어 배로 뛰어들더니
바람이 땅을 쓸며 갑작스레 흩어 버리니
망호루 밑 호수가 하늘과 같네.

其一

黑雲翻墨未遮山,　　　흑운번묵미차산

白雨跳珠亂入船.　　　백우도주란입선

卷地風來忽吹散,　　　권지풍래홀취산

望湖樓下水如天.　　　망호루하수여천

제2수

방생한 고기와 자라는 사람을 쫓아오고
주인 없는 연꽃은 도처에 피었구나.
물베개는 산들을 출렁이게 할 줄 알고
돛단배는 달과 함께 배회할 줄 아는구나.

其二

放生魚鼈逐人來,(2)   방생어별축인래

無主荷花到處開.   무주하화도처개

水枕能令山俯仰,(3)   수침능령산부앙

風船解與月徘徊.   풍선해여월배회

제5수

소은을 못 이루고 중은이나 하나니
길이길이 한가하게 지낼 수만 있다면
잠시 잠시 한가함보다 나을 테지만
내 본시 집 없거늘 더 이상 어디로 가리?
고향에는 이리 좋은 호수와 산도 없는데.

其五

未成小隱聊中隱,[4][5]   미성소은료중은

可得長閑勝暫閑.   가득장한승잠한

我本無家更安往,   아본무가갱안왕

故鄉無此好湖山.   고향무차호호산

[해제]

희령 5년(1072) 6월 항주 서호에 있는 망호루 아래에서 뱃놀이를 하다가 술이 거나하게 취한 채 그 주변의 아름다운 풍경을 묘사한 것이다. 제1수는 여름철에 갑자기 소나기가 내리다가 언제 비가 왔더냐 싶게 금방 날이 개는, 그래서 더욱 감칠맛이 나는 서호의 경치를 그린 것이다. 제2수는 배 위에 누워서 호수에 핀 연꽃과 호수 주위의 산을 바라보며 유유자적하는 심경을 읊은 것이다. 제5수는 평소 전원으로 돌아가 은거하고 싶어 하면서도 뜻을 이루지 못했지만 지금처럼 일이 많지 않은 지방관으로서 공무를 조금씩 보면서 틈틈이 자연을 즐기는 것도 좋겠다는 심경을 노래함으로써 서호의 아름다움을 부각시킨 것이지만 이면에는 은연중에 자신의 처지에 대한 불만이 배어 있다. 앞 네 수에서 항주 서호의 아름다움을 여러 각도에서 묘사한 후 제5수에서 이렇게 아름다운 호수가 있기 때문에 자기는 굳이 고향으로 돌아가 소은을 할 필요가 없다고 자위하고 있는 것이다.

[주석]

(1) 望湖樓(망호루): 항주杭州 서호의 북쪽에 있는 누각. 이 누각 아래에 세워져 있는 안내 빗돌에 "대대로 망호루를 노래한 시가 매우 많거니와 그 가운데 북송 대시인 소식의 〈6월 27일 날 망호루에서 술에 취해(六月二十七日望湖樓醉書)〉가 가장 유명하다(歷代詠望湖樓的詩作極多, 其中以北宋大詩人蘇軾的〈六月二十

七日望湖樓醉書〉最爲有名)"라고 했다. ≪도경도경圖經≫에 "망호루는 간경루라고도 하는데 건덕 7년에 충의왕 전씨가 세웠으니 전당에서 1리 떨어져 있다(望湖樓, 一名看經樓, 乾德七年忠懿王錢氏建, 去錢塘一里)"라고 했고, ≪서호유람지西湖遊覽志≫에 "누각은 소경사 앞에 있는데 일명 선덕루라고도 한다(樓在昭慶寺前, 一名先德樓)"라고 했다.

(2) 放生(방생): 북송 진종 천희 4년(1020)에 서호를 방생지로 정하자 유람객들이 고기를 사서 호수에 방생하면서 황제와 자신의 복을 빌기 시작했다. 시간이 지나면서 이는 차츰 풍습으로 변해 갔다.

(3) 水枕(수침): 물베개. 이 구절은 자신이 배 안에 누워 있다는 말이다.

(4) 小隱(소은): 벼슬을 버리고 산림에 묻혀 은거하는 것. 백거이白居易의 시 <중은(中隱)>에 "대은은 조정과 시가지에 사는 것, 소은은 구릉과 울타리 안에 드는 것. 구릉과 울타리 안은 너무나 쓸쓸하고, 조정과 시가지는 너무 시끄러우니, 차라리 중은이나 하여, 관직 속에 은일함이 더 낫겠네(大隱住朝市, 小隱入丘樊. 丘樊太冷落, 朝市太囂誼. 不如作中隱, 隱在留司官)"라고 했다.

(5) 中隱(중은): 한직閑職에 있으면서 마음의 여유를 가지고 정신적으로 은거하는 것을 가리킨다.

망해루의 저녁 풍경을 읊은 절구 다섯 수
(제1·2·3수)

望海樓[1]晚景五絶(其一·二·三)

제1수

바다 위의 파도가 한 줄로 달려오니
누각 앞에 순식간에 눈 더미가 쌓이네.
지금부터 그대들은 조수 위에 올라가
은빛 산을 스무 번은 더 보아야 한다네.

其一

海上濤頭一線來,	해상도두일선래
樓前指顧雪成堆.[2][3]	루전지고설성퇴
從今潮上君須上,	종금조상군수상
更看銀山二十回.[4][5]	갱간은산이십회

제2수

비낀 바람이 비를 몰아 누각으로 날아드니
멋진 시로 이 장관을 자랑해야 하리라.
비 그치고 조수 가라앉자 강과 바다가 시퍼런데
번갯불이 이따금씩 황금 뱀을 끌고 간다.

其二

橫風吹雨入樓斜,⁽⁶⁾　　　횡풍취우입루사

壯觀應須好句誇.　　　장관응수호구과

雨過潮平江海碧,　　　우과조평강해벽

電光時掣紫金蛇.　　　전광시체자금사

제3수

청산이 끊어진 곳에 탑이 층층이 솟아 있고
강 건너의 인가는 부르면 대답할 듯.
저녁 되자 강가에 가을바람 몰아침은
종소리 북소리를 서흥까지 전하기 위함인 듯.

其三

靑山斷處塔層層,　　　　　청산단처탑층층

隔岸人家喚欲膺.(7)　　　　격안인가환욕응

江上秋風晩來急,　　　　　강상추풍만래급

爲傳鐘鼓到西興.(8)　　　　위전종고도서흥

[해제]

소식의 <범몽득에게 보내는 답장(答范夢得書)>에 "과거시험 감독관으로 차출되어 중화당의 망해루에 한가로이 앉아 있었습니다(被差監試, 在中和堂望海樓閒坐)"라고 한바, 이 시는 과거시험 감독관으로 있던 희령 5년(1072) 8월의 어느 날 저녁나절에 과거시험장인 망해루에서 내려다본 전당강 부근의 풍경을 그린 것이다. 망해루는 봉황산 중턱에 있었기 때문에 거기서는 하루에 두 번씩 전당강이 역류하는 이른바 전당조의 장엄한 광경이 잘 내려다보였을 것이다.

[주석]

(1) 望海樓(망해루): ≪항주도경杭州圖經≫에 "동루는 일명 망해루라고도 하는데 옛날 관청 소재지의 중화당 북쪽에 있다(東樓, 一名望海樓, 在舊治中和堂北)"라고 했고, ≪태평환우기太平寰宇記≫에 "누각의 높이가 18장이며 당나라 무덕 7년(624)에 세웠다(樓高十八丈, 唐武德七年置)"라고 했다.

(2) 指顧(지고): 손가락으로 한 번 가리키고 눈으로 한 번 돌아보는 짧은 시간.

(3) 雪成堆(설성퇴): 달의 인력으로 인하여 바닷물이 전당강으로 역류하는 자연현상은 오늘날도 항주 지방의 유명한 구경거리로 전당조錢塘潮 또는 해녕조海寧潮라고 불리는데 1년 중 음력 8월 15일에서 18일 사이에 원래의 강물과 역류하는 조수의 수위 차이가 가장

심하여 약 2m 정도나 된다. 유우석劉禹錫의 사 <낭도사浪淘沙>에 "팔월의 파도 소리 대지를 울리며 밀려와, 몇 길 되는 파도가 산을 치고 돌아와서, 순식간에 다시금 바다로 들어가며, 눈 무더기 말아 올리듯 모래 무더기 말아 올리네(八月濤聲吼地來, 頭高數丈觸山回. 須臾却入海門去, 卷起沙堆似雪堆)"라고 했다. 여기서는 조수가 장엄하게 역류하는 모습을 눈 더미에 비유한 것이다.

(4) 銀山(은산): 조수가 강의 상류를 향해 밀려 올라가면서 생기는 하얀 파도를 가리킨다. 황정견黃庭堅의 시 <빗속에 악양루에 올라 군산을 바라보며(雨中登岳陽樓望君山)>에 "애석하게도 호수의 수면 위로 다가가, 은빛 산더미 속에서 청산을 보지 못하네(可惜不當湖水面, 銀山堆裏看靑山)"라는 구절이 있다.

(5) 二十回(이십회): 강물이 역류하는 현상은 매일 두 번씩 일어난다. 그러므로 이것을 스무 번 더 본다는 것은 소식 일행이 앞으로 10일 동안 더 과거시험장에 머무르게 됨을 뜻한다.

(6) 橫風(횡풍): 가로로 부는 바람.

(7) 膺(응): 응답하다. '응應'과 같다.

(8) 西興(서흥): 전당강 하류에 있는 마을로 지금의 소산蕭山이다. 해녕海寧은 전당강의 북쪽에 있고 소산은 전당강의 남쪽에 있다.

오중 지방 농촌 아낙의 탄식

吳中[1] 田婦歎

올해는 벼가 하도 늦게 익어서
서릿바람 불 때가 곧 닥칠 것 같았지요.
서릿바람 불 때에 비가 쏟아져
고무래는 곰팡이 슬고 낫은 녹이 슬었지요.
눈물샘은 말랐건만 비는 그치지 않아
벼이삭이 논바닥에 누운 꼴을 보았지요.
논두둑에 거적 치고 한 달 동안 지내다가
날이 개자 벼를 베어 수레에 싣고 돌아왔지요.
땀 흘리며 멍든 어깨로 시장에 지고 가니
벼 값이 헐값이라 싸라기처럼 쥐 버렸지요.
소를 팔아 세금 내고 집을 뜯어 밥 지으며
내년에 굶을 일은 미처 생각 못하지요.
관아에서 요즈음은 쌀 안 받고 돈만 받아
서북쪽 만 리 밖의 강족을 달래지요.
훌륭한 관리 많다 하건만 백성들은 더 괴로워
차라리 하백의 아내가 되고 싶어요.

今年粳稻熟苦遲,⁽²⁾	금년갱도숙고지
庶見霜風來幾時.⁽³⁾	서견상풍래기시
霜風來時雨如瀉,	상풍래시우여사
杷頭出菌鎌生衣.	파두출균겸생의
眼枯淚盡雨不盡,	안고루진우부진
忍見黃穗臥青泥.⁽⁴⁾	인견황수와청니
茅苫一月隴上宿,	모점일월롱상숙
天晴穫稻隨車歸.	천청확도수거귀
汗流肩頳載入市,⁽⁵⁾	한류견정재입시
價賤乞與如糠粞.⁽⁶⁾⁽⁷⁾	가천기여여강서
賣牛納稅拆屋炊,	매우납세탁옥취
慮淺不及明年飢.	려천불급명년기
官今要錢不要米,⁽⁸⁾	관금요전불요미

西北萬里招羌兒.⁽⁹⁾　　서북만리초강아

糞黃滿朝人更苦,⁽¹⁰⁾　　공황만조인갱고

不如却作河伯婦.⁽¹¹⁾　　불여각작하백부

[해제]

이 시는 희령 5년(1072) 12월에 호주에 갔다가 거기서 본 일을 읊은 것으로 한 농촌 여인의 입을 빌려 수재를 당한 데다 가혹한 세금까지 가중되어 도탄에 빠진 강남 지방 농민들의 참혹한 생활상을 그렸다. 당시에는 청묘법과 면역법의 폐해가 특히 심하여 세금 걷는 관리들이 하루 종일 돌아다니며 쌀은 받지 않고 돈만 받았는데, 흉년이 들어 팔 곡식이 없어도 사정을 봐 주지 않으므로 집집마다 땅과 집과 소를 팔려고 나섰으며 더구나 돈이 귀해진 탓으로 농민들은 쌀 두 섬을 팔아야 겨우 한 섬어치의 세금을 납부할 수 있는 형편이었다. 이 시는 당시의 이러한 상황을 적나라하게 파헤친 풍자시이다.

[주석]

(1) 吳中(오중): 춘추시대의 오나라 영토였던 태호太湖 유역 일대.

(2) 粳稻(갱도): 메벼. 찰벼가 아닌 보통의 벼.

(3) 庶(서): 거의. 이 구절은 서릿바람이 언제 불지를 거의 헤아릴 수 있을 정도로 곧 추위가 닥쳐올 것이라는 뜻이다.

(4) 忍見(인견): 차마 못 볼 꼴을 보다.

(5) 肩䞓(견정): 무거운 짐을 져서 어깨가 벌겋게 되다.

(6) 乞與(기여): 주다.

(7) 糠粞(강서): 겨와 싸라기.

(8) 官今要錢(관금요전): 송나라 때의 세법은 원래 쌀

이나 현금 중에서 백성들이 내기 편리한 것을 낼 수 있도록 규정되어 있었는데 신법을 시행한 이래로 관아에서 각종 세금을 현금으로만 받았기 때문에 현금이 귀해져서 백성들은 세금을 납부하기 위해 헐값에 쌀을 팔아야 했다.

(9) 招羌兒(초강아): 북송 신종은 왕소王韶의 〈오랑캐를 평정하는 세 가지 대책(平戎三策)〉에 따라 서하西夏를 멸망시키기 위해 많은 비용을 들여서 서하가 가장 두려워하는 종족인 강족羌族을 위무했다.

(10) 龔黃(공황): 공수龔遂와 황패黃霸. 공수는 한나라 선제 때 발해태수渤海太守였고 황패는 선제 때 양주자사揚州刺史와 승상丞相을 지낸 사람으로 두 사람 모두 유능하고 훌륭한 관리로 꼽힌다.(≪한서漢書·순리전循吏傳≫ 참조) 여기서는 당시의 신법과 관리를 비꼬는 말로 쓰였다.

(11) 河伯(하백): 황하의 신. 전국시대 때 위魏나라의 업鄴 지방에 수해가 자주 들었는데 무당과 결탁한 토호들이 황하의 신인 하백을 장가보내 주어야 수해를 막을 수 있다면서 매년 젊은 여자를 한 명씩 강 속에 던져 넣는 이른바 하백취부河伯娶婦의 행사를 치르고 이 일을 계기로 많은 돈을 갈취했다.(≪사기史記·골계전滑稽傳≫ 참조) 이 구절은 차라리 투신자살하는 편이 더 낫겠다는 뜻이다.

법혜사의 횡취각

法惠寺[1] 橫翠閣[2]

아침에 보니 오산이 가로로 누웠더니
저녁에 보니 오산이 세로로 솟았구나.
오산은 예로부터 변화무쌍한 자태
구불구불 그대 위해 모양새를 내는구나.
은군자가 이곳에다 붉은 누각 세웠건만
텅텅 비어 이제는 아무것도 안 남았네.
오로지 천 보짜리 산 하나 있어
동창과 서창에 발이 되어 드리웠네.
봄은 찾아왔건만 기약 없는 귀향길
남들은 가을철이 슬프다는데
나에게는 봄철이 더욱 슬픈 것 같네.
호수에 배 띄울 땐 탁금강이 그립더니
푸른 산을 바라보니 아미산이 생각나네.
아름다운 이 난간도 오래 가진 못할 터
난간에 기댄 이 사람만 늙어가진 않으리라.

백 년간의 흥망을 생각하자니
울적한 내 마음 더욱 슬퍼라.
세월의 무게를 이기지 못해
이 누각이 변하여 쑥대밭이 되리라.
먼 훗날 유람객이 내 놀던 곳 찾으려면
오산이 가로누운 곳이나 찾아와야 하리라.

朝見吳山橫,⁽³⁾　　조견오산횡

暮見吳山縱.　　모견오산종

吳山故多態,　　오산고다태

轉折爲君容.⁽⁴⁾　　전절위군용

幽人起朱閣,⁽⁵⁾　　유인기주각

空洞更無物⁽⁶⁾　　공동갱무물

惟有千步岡,⁽⁷⁾　　유유천보강

東西作簾額.　　동서작렴액

春來故國歸無期,　　춘래고국귀무기

人言秋悲春更悲.　　인언추비춘갱비

已泛平湖思濯錦,^{(8) (9)}　　이범평호사탁금

更看橫翠憶峨眉.⁽¹⁰⁾　　갱간횡취억아미

雕欄能得幾時好,⁽¹¹⁾　　조란능득기시호

134

不獨憑欄人易老.　　부독빙란인이로

百年興廢更堪哀,　　백년흥폐갱감애

懸知草莽化池臺.[12]　현지초망화지대

遊人尋我舊遊處,　　유인심아구유처

但覓吳山橫處來.　　단멱오산횡처래

[해제]

희령 6년(1073) 1월에 항주의 법혜사 안에 있는 횡취각에서 지은 시이다. 이 누각에서 내려다보면 가로로 뻗어 있는 오산의 푸르른 모습이 한눈에 들어오기 때문에 누각 이름을 횡취각이라고 지었다. 횡취각을 세운 스님이 없음으로 인하여 내부가 텅 텅 빈 썰렁한 누각이 세월이 지남에 따라 서서히 퇴색해 가는 모습을 보며 세월이 더 지나 횡취각이 완전히 사라지고 그 자리에 잡초가 더부룩이 자라 있을 것을 상상하면서 인생과 인조 건축물의 덧없음을 탄식했다.

[주석]

(1) 法惠寺(법혜사): 항주성杭州城 서남쪽에 있던 절. ≪항주도경杭州圖經≫에 "법혜사는 천정항에 있는데 오월왕 전씨가 세웠다. 옛날 편액에는 이름이 홍경사였는데 치평 2년(1065)에 지금의 편액으로 바꾸어 하사되었다(法惠寺, 在天井巷, 吳越王錢氏建. 舊額興慶寺, 治平二年, 改賜今額)"라고 했다.

(2) 橫翠閣(횡취각): 법혜사에 있는 누각.

(3) 吳山(오산): 항주성 서남쪽에 있는 산. 춘추시대 오나라의 남쪽 경계였기 때문에 오산이라고 불렀으며, 이 산 위에 오자서伍子胥의 사당이 있기 때문에 서산胥山이라고도 불렀다. 지금은 성황산城隍山이라고 부른다. ≪함순임안지咸淳臨安志≫에 "오산은 성 안에 있는데 오나라 사람들이 산 위에 오자서의 사당을 모

셨기 때문에 서산이라고 한다(吳山在城中, 吳人祠子胥山上, 因名曰胥山)"라고 했다.

(4) 轉折(전절): 구불구불 꺾어지다.

(5) 幽人(유인): 은거하는 사람. 횡취각을 세운 스님을 가리킨다. ≪서호유람지西湖遊覽志≫에 "청파문에서 꺾어 남쪽으로 가면 방가욕이 있는데 이 골짜기 가에 옛날에 법혜원이 있었다. 경력(1041-1048) 연간에 법언이 여기에 서헌을 지었다(自淸波門折而南, 爲方家峪. 峪畔舊有法惠院. 慶曆間, 法言作西軒於此)"라고 했다.

(6) 空洞(공동): 텅텅 비다.

(7) 千步岡(천보강): 길이가 천 보 정도 되는 산. 오산을 가리킨다.

(8) 平湖(평호): 잔잔한 호수. 항주 서호 안에 있는 백제白堤의 서쪽 끝에 서호십경西湖十景의 하나인 평호추월平湖秋月이라는 명승이 있다.

(9) 濯錦(탁금): 탁금강. 사천성 성도成都에 있는 강으로 민강岷江이라고도 한다. 아미산과 더불어 소식의 고향에 있는 산천이다. ≪여도고輿圖考≫에 "금강은 성도부성의 남쪽에 있는데 일명 문강이라고도 한다. 비단을 짠 뒤 여기서 씻으면 산뜻하고 빛이 난다. 그 동네는 금리라고 한다(錦江在成都府城南, 一名汶江. 織錦濯此則鮮麗. 其地曰錦里)"라고 했다.

(10) 峨眉(아미): 아미산. 사천성 아미산시 서남쪽에 있는 산. ≪명산기名山記≫에 "아미산은 촉의 가정주에

있으며 남북으로 대가 있다. 산에는 절이 여섯 개 있는데 광상사는 꼭대기에 있고 백수사는 중앙에 있다. 백수사에서 광상사까지 가노라면 84굽이를 지나가는데 산길이 마치 실과 같다. 이와 같이 60리를 가면 산 꼭대기에 이르는데 여기가 바로 보현보살이 모습을 드러낸 곳으로 지붕이 모두 널빤지로 되어 있다(峨眉山, 在蜀嘉定州, 南北有臺. 山有六寺, 光相居絶頂, 白水寺居其中. 自白水至光相, 歷八十四盤, 山徑如線. 如是者六十里, 至山頂, 卽普賢示現處, 屋皆以板爲之)"라고 했다.

(11) 雕欄(조란): 아름다운 무늬를 아로새긴 난간.

(12) 懸知(현지): 짐작하여 알다.

호수에서 술을 마시는데 처음에는 날이 맑다가 나중에 비가 내려서(제2수)

飮湖上初晴後雨二首(其二)

물빛이 반짝반짝 맑을 때가 좋더니
산색이 어둑어둑 비가 와도 멋지네.
서호를 서시에 비유한다면
옅은 화장과 짙은 분이 다 어울리는 것과 같네.

水光瀲灩晴方好,[1]　　　수광렴염청방호

山色空濛雨亦奇.[2]　　　산색공몽우역기

若把西湖比西子,[3]　　　약파서호비서자

淡粧濃抹總相宜.[4]　　　담장농말총상의

[해제]

희령 6년(1073) 봄에 항주杭州(지금의 절강성 항주) 서호西湖
에서 술을 마시다가 갑자기 비가 내리는 광경을 보고, 날씨가
화창하게 맑으면 맑은 대로 아름답고 어둑어둑 비가 내리면 비
가 내리는 대로 운치가 있는, 서호의 전천후적 아름다움을 찬양
한 시이다. 이러한 서호의 전천후적 아름다움을 화장을 진하게
하든 옅게 하든 아무렇게나 해도 아름다운 월나라 미인 서시에
비유한 것이 이 시의 묘미이다. 항주 서호는 원래 선낭호錢塘湖ㆍ
금우호金牛湖ㆍ명성호明聖湖ㆍ석함호石函湖ㆍ방생호放生湖ㆍ상
호上湖 등 여러 개의 다른 이름으로 불렸는데 소식의 이 시가
나오면서 서자호西子湖 또는 서호로 불리다가 마침내 서호라는
이름으로 굳어져 오늘날까지도 통용되고 있다.

[주석]

(1) 瀲灩(염염) : 물결이 반짝반짝 빛나는 모양.

(2) 空濛(공몽) : 비가 내려 어둠침침한 모양.

(3) 西子(서자) : 춘추시대 월나라의 미인 서시西施를
  가리킨다. 월왕 구천勾踐은 회계산會稽山 전투에서 패
  배한 수치를 씻기 위하여 와신상담하던 끝에 오왕 부
  차夫差에게 서시를 바쳐 그를 유혹함으로써 마침내
  설욕했다.

(4) 濃抹(농말) : 진하게 바르다. 화장을 진하게 하는 것
  을 가리킨다.

부양과 신성으로 가려는데 절도추관 이씨가 사흘 먼저 가서 풍수동에 머물며 나를 기다려

往富陽[1]新城[2], 李節推[3]先行三日, 留風水洞[4]
見待[5]

봄 산에 짹짹 봄새가 우니
이곳에 내 노래가 없을 수 없고
강을 따라 기다랗게 길이 뻗어 있으니
이곳에 그대 말이 없을 수 없네.
금어지 주변에 그대가 안 보이매
그대를 쫓아 곧바로 정산촌을 지났는데
길 가는 사람들 모두 다 그대가 멀리 못 갔다며
말 탄 젊은이가 말쑥하고도 온화하더라고 하였네.
옛날에 이름 들은 바람 나는 바위와 물 흐르는 구멍
산과 개울만 지나면 되건만 밤이 되어 가지 않았네.
다리 아래 새벽 물에 매화가 떠내려오매

그대가 말 매느라 바위 위의 꽃이 떨어졌음을 알겠네.
성에서 나온 지 사흘이 됐는데 아직도 미적거리니
언제나 돌아올 거냐고 식구들이 탓하겠네.
세상의 젊은이들 잘 달리는 걸 자랑하나니
그대처럼 기다려 주는 사람이 요즘 어디 있으리오?

春山磽磽鳴春禽,⁽⁶⁾　　　춘산책책명춘금

此間不可無我吟.　　　차간불가무아음

路長漫漫傍江浦,⁽⁷⁾　　　로장만만방강포

此間不可無君語.　　　차간불가무군어

金鯽池邊不見君,⁽⁸⁾　　　금즉지변불견군

追君直過定山村.⁽⁹⁾　　　추군직과정산촌

路人皆言君未遠,　　　로인개언군미원

騎馬少年清且婉.　　　기마소년청차완

風巖水穴舊聞名,　　　풍암수혈구문명

只隔山溪夜不行.　　　지격산계야불행

溪橋曉溜浮梅萼,　　　계교효류부매악

知君繫馬巖花落.　　　지군계마암화락

出城三日尚逶遲,⁽¹⁰⁾　　　출성삼일상위지

妻孥怪罵歸何時.⁽¹¹⁾⁽¹²⁾　　　처노괴매귀하시

世上小兒誇疾走,　　　세상소아과질주

如君相待今安有.　　　여군상대금안유

희령 6년(1073) 1월, 항주 서남쪽에 있는 부양·신성 일대로
시찰을 나갔는데 이때 항주절도추관인 이필이 3일 먼저 풍수동
으로 가서 소식을 기다렸다. 이 시는 이때의 감회를 노래한 것
으로 당시의 젊은 사람들이 너무 빠른 것만 추구하는 세태를 넌
지시 풍자했다. 마지막 연은 신법파 인사들이 오대시안烏臺詩
案을 일으킬 때 소식을 비방하는 단서로 삼았던 것이다.

[주석]

(1) 富陽(부양): 항주杭州(지금의 절강성 항주) 서남쪽
에 있는 현. ≪한서漢書·지리지地理志≫에 "진나라는
군을 36개로 나누었는데 부춘은 회계에 속했다. 한나
라 애제는 하간 효왕 경의 아들 원을 부춘후에 봉했
다. 진나라 무제 태원(376-396) 연간에 간문제의 황
후인 정태후의 함자를 피하여 부양으로 바꾸었다(秦
分三十六郡, 富春屬會稽. 漢哀帝封河間孝王慶子元爲
富春侯. 晉武帝太元中, 避簡文鄭太后諱, 改曰富陽)"라
고 했다.

(2) 新城(신성): 부양의 서남쪽에 있는 현. ≪송서宋書·
주군지州郡志≫에 "절강의 서남쪽은 동계라고 하는데
오나라 때 신성현을 두었다가 나중에 동려현과 합병
했다(浙江西南名爲桐溪, 吳立爲新城縣, 後幷桐廬)"라
고 했고, ≪원화군현지元和郡縣志≫에 "신성은 본래
부춘 땅이었는데 당나라 영순 원년(682)에 서쪽 지경

을 나누어서 신성현을 두었다(新城本富春地, 唐永淳元年, 分西境置)"라고 했다.

(3) 李節推(이절추): 절도추관節度推官인 이필李佖을 가리킨다. ≪송사宋史·직관지職官志≫에 "군부의 막료직에 절도추관이 있다(軍府幕職, 有節度推官)"라고 했으며, ≪오대시안烏臺詩案≫에는 "희령 6년(1073) 1월 27일에 풍수동을 유람했는데 본주 절도추관인 이필이 소식이 온다는 사실을 알고 거기서 기다렸다. 소식이 도착한 뒤 벽에다 시를 쓰며 놀았는데 그 끝부분에 부당하게도 '세상의 젊은이들 잘 달리는 걸 자랑하나니'라고 함으로써 세상의 소인배들이 대부분 급히 나아가려고 애쓰는 것을 풍자했다.(熙寧六年正月二十七日, 遊風水洞, 有本州節推李佖知軾到來, 在彼等候. 軾到, 乃留題於壁, 其卒章不合云: '世上小兒誇疾走', 以譏世之小人多務急進也.)"라고 했다.

(4) 風水洞(풍수동): 항주 서남쪽에 있는 동굴. ≪함순임안지咸淳臨安志≫에 "풍수동은 양촌의 자암원 즉 옛날 은덕원에 있다. 동굴이 엄청나게 커서 물이 그치지 않고 흐르며 꼭대기에 또 동굴이 하나 있다. 입하가 되면 시원한 바람이 저절로 생겼다가 입추가 되면 그친다(風水洞, 在楊村慈巖院, 舊名恩德院. 有洞極大, 流水不竭, 頂上又一洞. 立夏淸風自生, 立秋則止)"라고 했고, ≪항주도경杭州圖經≫에 "동굴은 전당현의 옛날 관청 소재지에서 50리 떨어진 양촌의 자암원에 있다. 동굴이 엄청나게 커서 물이 그치지 않고 흐르며 동굴

꼭대기에 또 동굴이 하나 있어서 맑은 바람이 솔솔 나오기 때문에 풍수동이라고 한다(洞去錢塘縣舊治五十里, 在楊村慈巖院. 洞極大, 流水不竭, 洞頂又有一洞, 淸風微出, 故名曰風水洞)"라고 했다.

(5) 見待(견대): 나를 기다리다. '待我'와 같은 뜻이다.

(6) 磔磔(책책): 새가 우는 소리.

(7) 漫漫(만만): 길게 뻗어 있는 모양.

(8) 金鯽池(금즉지): 금빛 붕어가 있는 금어지金魚池를 가리킨다. ≪항주도경≫에 "개화사는 개보 3년(970)에 지었으며 지담 스님이 이곳에 육화탑을 세웠다. 금어지는 이 절 뒤에 있는데 계곡의 물 밑에 금빛 붕어가 있다(開化寺, 開寶三年建, 僧智曇卽此建六和塔. 金魚池在寺後, 山澗水底有金鯽魚)"라고 했다.

(9) 定山(정산): ≪항주도경≫에 "정산은 전당의 옛날 관청소재지에서 서남쪽으로 47리 되는 곳에 있다(定山在錢塘舊治之西南四十七里)"라고 했고, ≪태평환우기太平寰宇記≫에 "정산은 절강으로 수백 장이나 튀어나와 있다(定山突出浙江數百丈)"라고 했다. 또 ≪함순임안지≫에 "정산은 높이가 75장이고 둘레가 7리 102보인데 산 밑에 주민이 수백 가구 산다(定山高七十五丈, 周迴七里一百二步, 山下居民數百家)"라고 했다.

(10) 逶遲(위지): 미적거리는 모양.

(11) 妻孥(처노): 처자.

(12) 怪罵(괴매): 탓하다. 나무라다.

신성으로 가는 길에
新城[1]道中二首

제1수

나의 산행 계획을 동풍이 눈치채고
처마 밑의 장맛비 소리를 날려 버렸다.
고갯마루 얇은 구름은 걸쳐 놓은 솜 모자
나무 꼭대기 아침 해는 걸어 놓은 구리 징.
키 작은 대울타리엔 돌복숭아 웃고 섰고
물 맑은 시냇가엔 냇버들이 체질한다.
서산 밑의 농가는 지금 한창 신나겠다
미나리 삶고 죽순 쪄서 들밥을 내가느라.

其一

東風知我欲山行,　　　동풍지아욕산행

吹斷簷間積雨聲.[2]　　취단첨간적우성

嶺上晴雲披絮帽,　　　령상청운피서모

樹頭初日挂銅鉦.　　　수두초일괘동정

野桃含笑竹籬短,　　　야도함소죽리단

溪柳自搖沙水清.　　　계류자요사수청

西崦人家應最樂,　　　서엄인가응최락

煮芹燒筍餉春耕.[3]　　자근소순향춘경

제2수

몸과 세상 아득해진 나의 이번 출장길
냇가에서 말고삐 늘어뜨리고 냇물 소리 들으며 간다.
잡목은 숲을 뒤지는 도끼 보기를 두려워하는데
지친 말은 깃발이 말리는 징 소리 듣기를 그리워한다.
가랑비 촉촉이 내린 때라 차 재배 농가가 기뻐하고
삐죽한 산 깊은 곳에도 현령의 청렴이 나타나 있다.
이 세상의 갈림길 얼마나 될까?
뽕밭을 향해 나란히 서서 밭가는 이에게 물어본다.

其二

身世悠悠我此行, [4]   신세유유아차행

溪邊委轡聽溪聲.   계변위비청계성

散材畏見搜林斧, [5]   산재외견수림부

疲馬思聞卷斾鉦. [6]   피마사문권패정

細雨足時茶戶喜, [7]   세우족시다호희

亂山深處長官淸. [8]   란산심처장관청

人間岐路知多少,   인간기로지다소

試向桑田問耦耕. [9]   시향상전문우경

[해제]

희령 6년(1073) 2월 항주 서남쪽에 있는 항주의 속현 신성으로 시찰을 나가면서 보고 느낀 바를 노래한 것이다. 비가 촉촉이 내린 뒤의 상쾌한 농촌 풍경과 농민들의 소박한 웃음이 그려져 있다.

[주석]

(1) 新城(신성): 항주杭州의 서남쪽에 있던 현縣. 지금의 절강성 부양시富陽市 신등진新登鎭. ≪신성현도경新城縣圖經≫에 "열두 개의 향을 관할한다. 오나라 대제 황무 5년(226)에 동안군을 설치했는데 신성은 여기에 속했다. 당나라 고종 영순 원년(682)에 부춘의 서쪽 지역을 떼어 내어 신성을 설치하고 상현이라고 불렀으며, 우리 송나라는 이것을 계승했다. 항주에서 서남쪽으로 133리 떨어져 있다(管十二鄕. 吳大帝黃武五年, 置東安郡, 新城屬焉. 唐高宗永淳元年, 分富春西境, 置新城, 號上縣. 皇朝仍之. 距杭州之西南一百三十三里)"라고 했다.

(2) 積雨(적우): 오랫동안 내리는 비.

(3) 餉春耕(향춘경): 봄에 논밭에서 경작하는 사람을 위해 밥을 가져다주다.

(4) 身世悠悠(신세유유): 몸과 세상이 아득히 떨어지다. 자기 자신과 현실 세계가 서로 조화를 이루지 못한다는 뜻을 내포하고 있다.

(5) 散材(산재): 쓸모없는 나무. 이 구절은 통판인 소식의 행차를 위해 길을 가로막고 있는 잡목을 찍어 내면서 나아가는데 그렇게 잡목을 찍어 내야 할 길이 아직 남았음을 뜻하는 것으로 보인다.

(6) 卷斾鉦(권패정): 깃발이 말린 채 휘날리는 곳에서 나는 징 소리. 휴식을 알리는 소리를 뜻한다.

(7) 茶戶(다호): 차 재배 농가.

(8) 長官(장관): 현령縣令. 당시 신성현령이던 조보지晁補之의 아버지 조단우晁端友를 가리킨다. 이 구절은 조단우의 인품을 찬양한 것이다.

(9) 耦耕(우경): 두 사람이 나란히 서서 밭을 갈다. 이 연은 현지 농부에게 여러 갈래의 갈림길 중에서 신성현의 관아로 가는 길이 어느 것인지 물어봄을 뜻하는 것으로 보인다.

산촌을 읊은 절구 다섯 수(제1·2수)
山村五絶(其一·二)

제1수

대울타리의 초가집이 개울 따라 비껴 있고
봄빛이 산촌에 들어 곳곳에 꽃이로다.
태평엔 형체가 없다더니 그래도 형체가 있는 듯
외로운 연기 피는 곳 저기가 바로 인가렷다.

其一

竹籬茅屋趁溪斜,   죽리모옥진계사

春入山村處處花.   춘입산촌처처화

無象太平還有象,[1]   무상태평환유상

孤烟起處是人家.   고연기처시인가

제2수

이슬비 자욱한 곳에 닭소리 개소리 들리나니
생명 있는 게 어디선들 편안히 살지 않으리?
허리에 송아지를 차는 사람만 없게 하면
뻐꾸기마저 어찌 힘들여 밭갈이를 재촉하리?

其二

烟雨濛濛雞犬聲,	연우몽몽계견성
有生何處不安生.	유생하처불안생
但令黃犢無人佩,(2)	단령황독무인패
布穀何勞也勸耕.(3)	포곡하로야권경

[해제]

희령 6년(1073) 2월 신성新城에서 지은 것이다. 제1수는 꽤나 평화로워 보이는 산촌의 겉모습을 묘사한 것이고, 제2수는 《오대시안烏臺詩案》에 "〈산촌〉 제2수는 이때 사염판매업자들 가운데 칼과 무기를 차고 다니는 사람이 많았기 때문에 전한 사람 공수의 일을 가져다 풍자했으니, 이는 염법을 너그럽고 공평하게 하여 사람들로 하여금 칼과 검을 차고 다니는 대신 소를 사고 송아지를 사게 하기만 하면 스스로 힘써 농사를 지을 것이므로 권농하느라 애쓸 필요가 없다는 말로 조정의 염법이 너무 가혹하여 불편함을 풍자한 것이다(〈山村〉第二首, 言是時販私鹽者多帶刀仗, 故取前漢龔逐事, 意謂但將鹽法寬平, 令人不帶刀劍而買牛買犢, 則自力耕不勞勸督, 以譏諷朝廷鹽法太峻不便也)"라고 한 바와 같이, 염법이 너무 가혹함을 풍자한 것이다.

[주석]

(1) 無象太平(무상태평): 태평성세는 구체적인 형상이 없다는 뜻이다. 《자치통감資治通鑑・당문종태화6년唐文宗太和六年》에 "마침 황제께서 연영전에 행차하여 재상에게 말씀하시기를 '천하가 언제나 태평스러워지려는지 경들도 이 점에 대하여 생각이 있소?'라고 하시자 우승유가 '태평에는 정해진 형상이 없습니다. 지금 사방의 오랑캐가 번갈아 침범하지 않고 백성이 사방으로 흩어지지 않으니 비록 지극히 잘 다스려지는 것은 아닐지라도 이것 역시 작은 태평이라고 할 수 있습니다' 하고 대답했다(會上御延英, 謂宰相曰: '天

155

下何時當太平, 卿等亦有意於此乎?' 僧孺對曰: '太平無
象. 今四夷不至交侵, 百姓不至流散, 雖非至理, 亦謂小
康.')"라는 기록이 있다.

(2) 黃犢(황독): 송아지. 한나라의 공수龔遂가 발해태
수渤海太守로 있을 때 백성들 가운데 칼과 검을 차고
다니는 사람이 있어서 그들에게 검을 팔아 소를 사고
칼을 팔아 송아지를 사도록 권유하면서 "어찌 소와 송
아지를 허리에 차고 다니는가?"라고 했다.(≪한서漢
書 · 순리전循吏傳≫ 참조) 이 구절은 당시 신법의 폐
해를 견디다 못해 농사짓기를 포기하고 유랑민이 된
사람이 많음을 뜻하는 것으로 보인다.

(3) 布穀(포곡): 뻐꾸기. 속설에 의하면 뻐꾸기는 밭갈
이를 재촉하는 새라고 하는바, '布穀(bùgǔ)'이라는 울
음소리에서 비롯된 이 새의 이름이 의미상 '곡식을
살포한다'는 뜻이 되기 때문에 이런 속설이 생겼을 것
이다.

어잠 스님의 녹균헌

於潛[1] 僧綠筠軒[2]

식사에 고기는 없어도 되나
집 안에 대나무가 없을 순 없지.
고기가 없으면 살이 빠지고
대나무가 없으면 저속해지지.
살이야 빠져도 다시 찔 수 있지만
저속해지고 나면 고칠 수 없지.
남들은 이 말 듣고 비웃을 테지
고상한 듯하지만 어리석다고.
이분을 바라보며 쩍쩍 씹으면 좋겠지만
세상에 양주학이 어디 있다고?

可使食無肉,　　　　가사식무육

不可使居無竹.　　　불가사거무죽

無肉令人瘦,　　　　무육령인수

無竹令人俗.　　　　무죽령인속

人瘦尚可肥,　　　　인수상가비

俗士不可醫.　　　　속사불가의

旁人笑此言,　　　　방인소차언

似高還似癡.　　　　사고환사치

若對此君仍大嚼,(3)　약대차군잉대작

世間那有揚州鶴.(4)　세간나유양주학

[해제]

혜각 스님이 사는 어잠의 적조사에는 녹균헌이라는 건물이 있었으니 그 주위에 대나무가 많아서 그렇게 명명한 것이었다. 이 시는 희령 6년(1073) 3월, 어잠에 갔다가 대나무에 에워싸인 녹균헌을 보고 그 감회를 읊은 것이다.

[주석]

(1) 於潛(어잠): 지금의 절강성 임안臨安 서쪽에 있는 현縣. 사신행查愼行의 ≪소시보주蘇詩補註≫에 "어잠의 스님은 이름이 자이고 자가 혜각이라는 사실이 ≪참료자집≫에 보인다(於潛僧, 名孜, 字惠覺, 見≪參寥子集≫)"라고 했다.

(2) 綠筠軒(녹균헌): ≪함순임안지咸淳臨安志≫에 "적조사는 어잠현에서 남쪽으로 2리 되는 곳인 풍국향에 있다. 이 절에는 옛날에 녹균헌이 있었는데 나중에 현령의 관사로 옮겼다. 보경(1225-1227) 초에 임금(남송 이종理宗 조윤趙昀)의 함자를 피하여 차군헌으로 바꾸었으니 소동파의 시어를 사용한 것이요 진나라 왕휘지의 말이다(寂照寺, 在於潛縣南二里豊國鄕. 寺舊有綠筠軒, 後徙縣齋. 寶慶初避御名, 易以此君軒, 仍用坡詩, 晉王徽之語也)"라고 했다.

(3) 此君(차군): 대나무를 가리킨다. ≪진서晉書‧왕휘지전王徽之傳≫에 "한때 빈집을 빌려서 산 적이 있는데 즉시 대나무를 심으라고 명령했다. 그 까닭을 묻자

왕휘지가 휘파람만 불고 있다가 대나무를 가리키며 말하기를 '어찌 하루라도 이분이 없을 수가 있겠느냐?'라고 했다(嘗寄居空宅中, 便令種竹. 或問其故, 徽之但嘯詠, 指竹曰: '何可一日無此君邪?')"라는 일화가 있다.

(4) 揚州鶴(양주학): 여러 사람이 각자 자신의 소원을 얘기하고 있었다. 첫 번째 사람은 양주자사揚州刺史가 되고 싶다고 했다. 두 번째 사람은 돈을 많이 벌고 싶다고 했다. 세 번째 사람은 학을 타고 하늘로 올라가고 싶다고 했다. 다 듣고 난 마지막 사람이 자기는 허리에 돈 십만 꿰미를 차고 학을 타고 양주의 하늘로 올라가고 싶다고 했다.(≪은운소설殷芸小說≫ 참조) 여기서 양주학은 동시에 얻기 힘든 여러 가지를 한꺼번에 얻게 해 주는 존재를 뜻한다.

어잠의 여인

於潛[1]女

푸른 치마 흰 소매의 어잠 여인네
서리 같은 두 발에 신발을 안 신었네.
뻗어 나온 귀밑털은 북에서 나온 실오라기
은빗을 꽂아 앞을 가린 채 풍우처럼 달려가네.
오월국 궁녀의 차림새는 조상의 전통을 이어받은 것
지금까지도 유민들은 옛 주군 생각에 슬퍼하네.
초계의 버드나무가 솜을 날리기 시작하는데
개울에 비춰 눈썹을 그리곤 개울을 건너가서
나무를 해 오는 낭군을 만나 온갖 애교를 다 부릴 뿐
회씨 강씨에게 노나라 제나라가 있었음을 믿지
않네.

青裙縞袂於潛女,	청군호메어잠녀
兩足如霜不穿屨.	량족여상불천구
艍沙鬖髮絲穿杼,(2)(3)	다사빈발사천저
蓬沓障前走風雨.(4)	봉답장전주풍우
老潯宮粧傳父祖,(5)(6)(7)	로비궁장전부조
至今遺民悲故主.	지금유민비고주
苕溪楊柳初飛絮,(8)	초계양류초비서
照溪畵眉渡溪去.	조계화미도계거
逢郞樵歸相媚嫵,(9)	봉랑초귀상미무
不信姬姜有齊魯.(10)	불신희강유제로

162

[해제]

희령 6년(1073) 3월에 어잠에서 지은 것으로, 바깥 세상에 대해서는 전혀 알지 못할 뿐만 아니라 알고 싶어 하지도 않는 어느 촌스럽고 순진무구한 어잠 여인이 전통적인 삶의 방식을 견지하면서 나름대로 행복하게 살아가는 모습을 묘사했다.

[주석]

(1) 於潛(어잠): 지금의 절강성 임안臨安 서쪽에 있던 현縣.

(2) 艓沙(다사): 펼쳐진 모양.

(3) 杼(저): 북. 베틀에서, 날실 사이로 왔다 갔다 하면서 씨실을 넣는 기구. 배 모양으로 생겼으며 안에 실꾸리를 넣어 두고 가는 구멍을 통해 실꾸리의 실을 한 가닥 뽑아내어 날실 사이를 왕래하며 씨실을 넣게 되어 있다. 각종 판본에 '저欓'로 되어 있으나 의미가 통하지 않으므로 왕십붕王十朋의 ≪백가주분류동파선생시百家註分類東坡先生詩≫의 주석에 따라 '저杼'로 고쳤다.

(4) 蓬沓(봉답): 여자들이 머리에 꽂는 큰 은빗. <어잠현령인 과거급제 동기 조씨의 야옹정(於潛令刁同年野翁亭)>에 대한 소식의 자주에 "천목산의 당도사는 항상 철관을 쓰고 다니고, 어잠의 부녀자들은 모두 머리에 한 자 남짓 되는 커다란 은빗을 꽂고 다니는데 이 것을 봉답이라고 한다(天目山唐道士, 常冠鐵冠, 於潛婦女皆揷大銀櫛, 長尺許, 謂之蓬沓)"라고 했다.

(5) 老濞(노비): 한나라 때의 오왕 유비劉濞를 가리킨

다. 오나라에는 구리 산이 있었으므로 유비가 천하의 망명자들을 그곳으로 불러 모아 중앙정부 몰래 동전을 주조하고 바닷물을 달여서 소금을 만들었기 때문에 세금이 없고 국가의 재정이 넉넉했다. 나중에 한나라 정부에 반기를 들다가 실패하여 자살했는데 그때 그의 나이가 62세였으므로 후세 사람들이 그를 노비라고 불렀다.(≪사기史記·오왕비전吳王濞傳≫ 참조) 여기서는 오월국의 왕인 전씨錢氏를 가리킨다.

(6) 宮粧(궁장): 궁녀들 사이에 유행하는 몸치장.

(7) 父祖(부조): 아버지와 할아버지. 조상.

(8) 苕溪(초계): 절강성에 있는 강. 원래는 지금의 절강성 안길현安吉縣 서남쪽의 서천목산西天目山에서 발원하는 서초계만을 가리켰으나 당唐나라 이후로는 지금의 절강성 임안현臨安縣 서북쪽의 동천목산에서 발원하는 동초계도 초계라 한다. 두 강은 호주湖州에서 합류하여 동북쪽으로 흘러 태호太湖로 들어간다.

(9) 媚嫵(미무): 교태를 부리며 아양을 떨다.

(10) 姬姜有齊魯(희강유제로): 희씨姬氏와 강씨姜氏가 각각 노나라와 제나라를 소유하다. 노나라와 제나라는 모두 산동반도에 위치했던 나라로, 노나라는 주나라 무왕의 동생 주공周公에게 봉해 준 나라이므로 주나라와 같은 희씨였고, 제나라는 강태공姜太公에게 봉해 준 나라이므로 강씨였다. 이 구절은 어잠 지방 여인들이 바깥 세상에 대하여 잘 알지 못한다는 말이다.

병중에 조탑원을 유람하고
病中遊祖塔院[(1)]

자주색 자두에 노란색 오이에 향기로운 시골길
검은색 깁에 하얀색 갈포에 시원한 도인의 의복
문이 닫힌 시골 절에 소나무 그림자 돌아가는데
바람 부는 처마 밑에 누워 나그네의 꿈은 길다.
병 때문에 짬을 얻으니 참으로 나쁘지 않거니와
마음 편하게 하는 게 약이지 더 좋은 처방이 없을
텐데
스님이 섬돌 앞 물을 아깝게 여기지 않으시고
바가지를 빌려주어 마음대로 맛보게 하신다.

紫李黃瓜村路香,　　　　자리황과촌로향

烏紗白葛道衣涼.(2)(3)(4)　　오사백갈도의량

閉門野寺松陰轉,　　　　폐문야사송음전

攲枕風軒客夢長.(5)　　　기침풍헌객몽장

因病得閑殊不惡,　　　　인병득한수불악

安心是藥更無方.　　　　안심시약갱무방

道人不惜階前水,(6)　　　도인불석계전수

借與匏樽自在嘗.　　　　차여포준자재상

[해제]

희령 6년(1073) 7월, 병으로 인하여 바쁜 가운데 잠시 짬을 내어 항주 남산에 있는 조탑원이라는 절에 가서 휴양을 하다가 느낀 바를 노래한 것이다.

[주석]

(1) 祖塔院(조탑원): ≪함순임안지咸淳臨安志≫에 "조탑법운원은 당나라 때 흠산법사가 세웠는바 옛날 이름은 자경선사였는데 대중 8년(854)에 대자선사로 고쳤고 개운 2년(945)에 인수선사로 고쳤으며 태평흥국 6년(981)에 다시 지금의 편액이 하사되었다(祖塔法雲院, 唐欽山法師建, 舊名資慶, 大中八年改大慈, 開運二年改仁壽, 太平興國六年改賜今額)"라고 했고, ≪무림범지武林梵志≫에 "정혜선사는 속칭 호포사라고 하는데 당나라 원화(806-820) 연간에 승려 환중이 세워 광복원이라는 편액을 하사받았다. 대중 8년(854)에 대자선사로 고쳤고 희종 건부(874-879) 연간에 '정혜'라는 두 글자를 추가하여 대자정혜선사라고 했다(定慧禪寺, 俗稱虎跑寺. 唐元和中, 僧寶中建, 賜額廣福院. 大中八年, 改大慈禪寺, 僖宗乾符間, 加定慧二字)"라고 했다. 또 ≪항주도경杭州圖經≫에는 "조탑법운원은 개성 2년(837)에 당나라 문종이 세웠다(祖塔法雲院, 開成二年唐文宗建)"라고 하여 창건 시기가 좀 다르게 기록되어 있다. 지금은 절이 없어졌다.

(2) 烏紗(오사): 검은색 깁. 오사모烏紗帽를 만드는 데 쓰는 천. 여기서는 오사모를 가리킨다.

(3) 白葛(백갈): 하얀 갈포. 하얀 모시.

(4) 道衣(도의): 승려나 도사처럼 도를 닦는 사람이 입는 옷.

(5) 客(객): 소식 자신을 가리킨다.

(6) 道人(도인): 조탑원의 스님을 가리킨다.

호포천

虎跑泉[1]

동쪽의 봉우리에 우뚝 솟은 저 석탑

이 늙은이 처음 왔을 때 모든 신이 쳐다봤네.

호랑이가 행각승을 따라 물구멍을 옮겨 오매

용이 물결을 일으켜 담소거리를 제공했네.

지금 이 나그네가 세수를 마친 뒤에

누워서 빈 섬돌의 옥 구르는 소리 듣노라니

이 늙은이와 이 샘 중에 어느 누구도

속세를 왕래할 생각이 없었는 줄 알겠네.

亭亭石塔東峰上,[(2)] 　　정 정 석 탑 동 봉 상

此老初來百神仰.[(3)] 　　차 로 초 래 백 신 앙

虎移泉眼趁行脚,[(4)(5)] 　호 이 천 안 진 행 각

龍作浪花供撫掌.[(6)] 　　룡 작 랑 화 공 무 장

至今遊人盥濯罷, 　　　지 금 유 인 관 탁 파

臥聽空堦環玦響. 　　　와 청 공 계 환 결 향

故知此老如此泉,[(7)] 　　고 지 차 로 여 차 천

莫作人間去來想. 　　　막 작 인 간 거 래 상

170

[해제]

희령 6년(1073) 7월에 성공선사가 조탑원에 머물 때 호랑이가
와서 파 주었다는 호포천을 보고 호포천에 얽힌 이야기와 호포
천 주변의 아름답고 쾌적한 환경, 그리고 그런 곳에서 살고 싶
은 자신의 염원 등을 노래한 것이다.

[주석]

(1) 虎跑泉(호포천): 항주杭州 서호西湖 서남쪽의 남산
南山 기슭에 있는 샘. ≪항주도경杭州圖經≫에 "성공
선사가 일찍이 대자사에 머물 때 절에 물이 없어서 걱
정했더니 어떤 신령이 말하기를 '내일이면 틀림없이
물이 있을 것이오'라고 했다. 이날 밤에 호랑이 두 마
리가 땅에서 펄쩍펄쩍 뛰어 구덩이를 만들자 거기서
샘물이 솟았으므로 이를 호포천이라고 불렀다(性空禪
師嘗居大慈, 無水, 或有神人告之, 曰: '明日當有水矣.'
是夜二虎跑地作穴, 泉水湧出, 因號虎跑泉)"라고 했고,
≪고승전高僧傳≫에 "항주 대자산의 환중은 성이 노씨
이며 포판 사람인데 스물다섯 살에 과거에 응시하여
갑과에 급제했다. 모친상을 당하여 복상을 마친 뒤 북
경의 동자사로 가서 불문에 귀의했다(杭州大慈山寰中
姓盧氏, 蒲坂人, 年二十五, 隨計中甲科. 遭母憂, 服
関, 往北京童子寺出家)"라고 했다. 또 송렴宋濂의 〈호
포천사비기虎跑泉寺碑記〉에 "호포천은 항주 남산의 대
자정혜원에 있다. 당나라 원화 14년(819)에 성공대

사가 이 산에 와서 노닐다가 여기에 머물면서 참선했다(虎跑泉, 在杭之南山大慈定慧院. 唐元和十四年, 性空大師, 來遊玆山, 棲禪其中)"라고 했다.

(2) 石塔(석탑): 성공선사의 사리를 모신 부도를 가리키는 것으로 보인다.

(3) 此老(차로): 석탑 안에 있는 사리의 주인공, 즉 성공선사를 가리킨다.

(4) 泉眼(천안): 물이 솟아나는 구멍. 이 구절은 호랑이가 성공선사를 따라다니며 샘을 파 주었다는 뜻이다. 성공선사는 수맥을 보는 능력이 있어서 샘물이 날 만한 곳을 잘 찾았는데 이것이 과장되어 설화화했을 가능성이 크다.

(5) 行脚(행각): 여러 곳으로 돌아다니는 승려.

(6) 撫掌(무장): 손바닥을 어루만지며 담소하다. 이 구절은 사람들이 샘에서 나오는 물거품이나 물보라 따위를 보면서 호포천에 얽힌 이야기를 주고받는다는 뜻이다.

(7) 如(여): ~와. '여與'와 같다.

유미당의 폭우

有美堂[1]暴雨

유람객 발밑에서 우르르 쾅쾅

자리를 메운 짙은 구름은 흩뜨릴 수도 없는데

하늘 밖의 흑풍은 바닷물을 곤두세우고

절동 땅의 흩날리는 비는 전당강을 건너온다.

강물은 넘실넘실 가득 따른 금 술잔

장대비는 후드득후드득 난타하는 갈고 소리

적선을 깨우느라 얼굴에 샘물을 끼얹고

교인의 집이 넘어져 진주가 쏟아져 내린다.

遊人脚底一聲雷,　　　　유인각저일성뢰

滿座頑雲撥不開.[2]　　　만좌완운발불개

天外黑風吹海立,　　　　천외흑풍취해립

浙東飛雨過江來.[3][4]　　절동비우과강래

十分激灩金樽凸,[5][6]　　십분렴염금준철

千杖敲鏗羯鼓催.[7][8][9]　천장고갱갈고최

喚起謫仙泉灑面,[10]　　　환기적선천쇄면

倒傾鮫室瀉瓊瑰.[11]　　　도경교실사경괴

174

[해제]

희령 6년(1073) 7월에 항주의 오산에 있는 유미당에서 폭우가
내리는 광경을 묘사한 것이다. 발밑에서 울리는 우렛소리, 바다
에 집채만 한 파도를 일으키는 회오리바람, 방금 범람할 듯 불
어날 대로 불어난 전당강, 마구 퍼붓는 장대비 등 폭우가 내
리는 장면을 여러 가지의 신선한 비유로 형상감 있게 그려 놓
았다.

[주석]

(1) 有美堂(유미당): 항주杭州 서호西湖 동남쪽의 오산
　　 吳山 위에 있던 전당.

(2) 頑雲(완운): 여간해서는 흩어지지 않는 짙은 구름.

(3) 浙東(절동): 전당강錢塘江의 동남쪽 지역을 절동浙
　　 東이라고 하고 그 서북쪽 지역을 절서浙西라고 하는
　　 데, 유미당은 절서 지역에 있기 때문에 절동의 비가
　　 강을 건너온다고 말한 것이다.

(4) 江(강): 전당강을 가리킨다.

(5) 瀲灔(염염): 물이 가득 차서 넘실대는 모양.

(6) 金樽凸(금준철): 술잔에 술이 가득 차서 가운데가
　　 불룩하다는 뜻으로 전당강에 강물이 가득함을　가리
　　 킨다.

(7) 千杖(천장): 수없이 많은 빗발을 장대에 비유한
　　 것이다.

(8) 敲鏗(고갱): 후드득후드득 때리다.

(9) 羯鼓(갈고): 당나라 때 서역에서 들어온 악기. 크기와 모양이 장구와 비슷하나, 양면을 양가죽이나 말가죽으로 메워 대臺 위에 올려놓고 두 개의 채를 가지고 빠른 속도로 친다. ≪당어림唐語林≫에 "이귀년이 갈고를 잘 치므로 명황(당나라 현종)이 '경은 몇 번이나 칠 수 있소?' 하고 물었더니 '신은 5천 번을 치고 그칩니다'라고 했다(李龜年善打羯鼓, 明皇問: '卿打多少杖?' 對曰: '臣打五千杖訖)"라는 일화가 수록되어 있다.

(10) 謫仙(적선): 유배 온 신선. 당나라 시인 이백李白을 가리킨다. ≪구당서舊唐書·이백전≫에 "하지장이 이백을 보고 칭송하여 말하기를 '이 사람은 하늘에서 귀양 온 신선이로구나'라고 했다(賀知章見白, 賞之曰: '此天上謫仙人也.')"라는 일화가 수록되어 있고, ≪신당서·이백전≫에 현종이 침향정沈香亭에 앉아 있다가 "이백에게 악장을 짓게 하고 싶어서 불러들였더니 이백이 이미 술에 취해 있는지라 좌우에 있는 사람들이 물로 세수를 시켜 술을 조금 깨우자 붓을 당겨 글을 지었다(欲得白爲樂章, 召入, 而白已醉, 左右以水頰面, 稍解, 援筆成文)"라는 일화가 소개되어 있다.

(11) 鮫室(교실): 교인鮫人의 집. 교인은 남해 바깥의 먼 바닷속에 산다는 인어의 일종으로 그들이 눈물을 흘리면 그것이 진주로 바뀐다는 전설이 있다. ≪동명기洞溟記≫에 "(폐륵국吠勒國 사람이) 코끼리를 타고 바다로 들어가 보물을 캐다가 교인의 집에서 하룻밤 묵었는데 거기서 눈물의 진주를 얻었으니 그것은 바로

교인들이 울어서 그 눈물이 변하여 이루어진 진주였다(乘象入海底取寶, 宿於鮫人之舍, 得淚珠, 則鮫所泣之珠也)"라는 말이 있다.

8월 15일에 조수를 보고 지은 절구 다섯 수
八月十五日看潮五絶

제1수

오늘밤은 옥토끼가 둥글어질 줄 알겠나니
서릿바람 벌써 불어 구월 추위 몰고 오네.
성문의 자물쇠를 채우지 말라 전해 주게.
달이 뜨면 밤 파도를 구경하려네.

其一

定知玉兎十分圓, (1) (2)　　　　정지옥토십분원

已作霜風九月寒.　　　　　　　이작상풍구월한

寄語重門休上鑰, (3)　　　　　　기어중문휴상약

夜潮留向月中看. (4)　　　　　　야조류향월중간

제2수

만 사람이 북을 치며 함성을 질러
오나라 군사들을 위협하는 것 같고
늙은 아동이 배를 몰고 쳐들어오는 것 같네.
파도가 얼마나 높은지 궁금한가?
월산이 온통 물보라에 싸여 있다네.

其二

萬人鼓譟懾吳儂, (5) (6)　　　　만인고조섭오농

猶是浮江老阿童. (7) (8)　　　　유시부강로아동

欲識潮頭高幾許,　　　　　　욕식조두고기허

越山渾在浪花中. (9)　　　　　월산혼재랑화중

제3수

강가에서 몸과 세상 동떨어진 채
오랫동안 창파와 함께 머리가 세고 싶네.
사람이 쉬 늙는 줄 조물주도 아는지
일부러 강물이 서쪽으로도 흐르게 하네.

其三

江邊身世兩悠悠,[10]   강변신세량유유

久與滄波共白頭.[11]   구여창파공백두

造物亦知人易老,   조물역지인이로

故敎江水向西流.[12]   고교강수향서류

제4수

오인들은 자라면서 물과 친해져
이익을 탐해 목숨을 경시하고 자기 몸을 안 아끼네.
동해가 임금님의 깊은 뜻을 안다면
틀림없이 개펄이 뽕밭으로 바뀌게 할 텐데.

其四

吳兒生長狎濤淵,⁽¹³⁾　　　　오아생장압도연

冒利輕生不自憐.⁽¹⁴⁾　　　　모리경생부자련

東海若知明主意,⁽¹⁵⁾　　　　동해약지명주의

應教斥鹵變桑田.⁽¹⁶⁾　　　　응교척로변상전

제5수

강신과 하백이 다 초파리 같고
동쪽에서 오는 해약은 무지개를 토하는 기세.
어찌하면 부차의 무소 가죽 갑옷 입은 수군을 얻어
강력한 쇠뇌 삼천 개로 조수를 쏘아 잠재울까?

其五

江神河伯兩醯雞, [17] [18] [19] 　강신 하 백 량 혜 계

海若東來氣吐霓. [20] 　해 약 동 래 기 토 예

安得夫差水犀手, [21] 　안 득 부 차 수 서 수

三千强弩射潮低. 　삼 천 강 노 사 조 저

항주에 있는 전당강은 매일 두 차례씩 강물이 역류하는 현상으로 유명하다. 그리하여 본래의 수면과 역류하는 수면의 차이가 가장 큰 매년 음력 8월 15일에서 18일 사이에 파도타기 놀이를 한다. 주밀周密의 ≪무림구사武林舊事≫에 의하면 물에 익숙한 건장한 사나이 수백 명이 머리카락을 늘어뜨리고 몸에 문신을 한 채 손에 붉은색 깃발을 들고 파도를 타는데 고래 등 같은 파도를 타고도 깃발에 물이 묻지 않아야 한다고 한다. 이 시는 희령 6년(1073) 중추절에 역류하는 이 전당강의 조수를 보고 그 감회를 노래한 것이다.

≪오대시안烏臺詩案≫에 "희령 6년 항주통판의 직책을 맡고 있었는데 8월 15일에 조수를 구경하고 안제정에서 시 다섯 수를 지었다. 앞 세 수에는 결코 풍자적인 내용이 없지만 네 번째 시에서는 파도 타는 사람들이 관아에서 주는 상품을 탐하다가 익사하는 사람이 생기기에 이르렀으므로 조정에서 금지령을 내린 사실을 이야기했다. 소식은 주상께서 수리사업을 일으키기를 좋아하시지만 이는 이익이 적고 손해가 많음을 모르시는 것이라고 여기고 '동해가 임금님의 깊은 뜻을 안다면, 틀림없이 개펄이 뽕밭으로 바뀌게 할 텐데'라고 했으니 이것은 일이 틀림없이 성취되지 못할 것이라는 말로 조정의 수리사업이 성사되기 어려울 것임을 풍자한 것이다(熙寧六年, 任杭州通判, 因八月十五日觀潮作詩五首, 寫在安濟亭上. 前三首, 並無譏諷, 至第四首, 言弄潮之人貪官中利物, 致其間有溺而死者, 故朝旨禁斷. 軾謂主上好興水利, 不知利少而害多, 言'東海苦知明主意, 應敎斥鹵變桑田', 此言事之必不可成者, 譏諷朝廷水利之難成也)"라고 했으니

이는 신법파 인사들이 이 시를 문제 삼아 소식을 모함한 것이다.

[주석]

(1) 定知(정지): 확실히 알다. 이 연은 날씨가 선득해진 느낌을 통하여 문득 8월 보름이 되었음을 알게 되었다는 뜻이다.

(2) 玉兎(옥토): 달에 산다는 옥토끼로 달을 가리킨다. ≪오경통의五經通義≫에 "달에 토끼와 두꺼비가 있다(月中有兎與蟾蜍)"라고 했다.

(3) 重門(중문): 항주성문을 가리킨다.

(4) 留向月中看(유향월중간): 달이 뜰 때까지 남겨 두었다가 달이 뜨면 구경하다. '향向'은 '지至'와 같은 뜻이다. 이 연은 밤중에 강물이 역류하는 현상을 구경하고 느지막이 성안으로 들어가겠다는 뜻이다.

(5) 鼓譟(고조): 북을 치며 함성을 지르다. ≪좌전左傳‧애공17년哀公十七年≫에 "3월에 월나라 임금이 오나라를 공격하자 오나라 임금이 입택에서 방어하여 강물을 사이에 두고 진을 쳤다. 월나라 임금이 좌우의 구졸(군진軍陣 이름)을 만들어 북을 치고 함성을 지르며 진격하자 오나라 군사들이 크게 혼란스러워지므로 마침내 이를 격파했다(三月, 越子伐吳, 吳子禦之笠澤, 夾水而陳. 越子爲左右句卒, 鼓譟而進, 吳師大亂, 遂敗之)"라고 했다.

(6) 吳儂(오농): 오인. 오 지방 방언에서는 자신을 '아농我儂', 타인을 '타농他儂'‧'거농渠儂' 등으로 부르

기 때문에 오 지방 사람을 가리켜 '오농吳儂'이라고
한다.

(7) 猶是(유시): ~인 것 같다.

(8) 阿童(아동): 진晉나라 장수 왕준王濬의 어릴 적 이
름. 진나라가 촉나라를 평정한 뒤에 익주자사益州刺
史가 된 왕준은 전함戰艦을 만들어 수군을 훈련시킨
다음 장강長江을 따라 동쪽으로 내려가 오나라를 멸망
시켰다. ≪진서晉書·양호전羊祜傳≫에 "함녕(275-279)
초에 오나라에 '아동 또 아동, 칼을 물고 물에 떠서 장
강을 건너는데, 언덕 위의 호랑이는 무서워하지 않고,
물속의 용이나 무서워하네'라는 동요가 있었다(咸寧
初, 吳有童謠曰: '阿童復阿童, 銜刀浮渡江. 不畏岸上
虎, 但畏水中龍.')"라고 했다. 이 연은 웅장한 파도 소
리를 묘사한 것이다.

(9) 越山(월산): 월주越州(지금의 절강성 소산蕭山)에
있는 감산龕山을 가리킨다. ≪함순임안지咸淳臨安志≫
에 "해문은 인화현에서 동북쪽으로 65리 되는 곳에
있는데 자산이라는 산이 월주의 감산과 마주 보고 서
있어서 조수가 그 사이로 빠져나간다(海門在仁和縣東
北六十五里, 有山曰赭山, 與越州龕山對峙, 潮水出其
間)"라고 했다.

(10) 身世(신세): 자신과 세상. 포조鮑照의 시 〈영사詠史
史〉에 "엄군평은 혼자서 적막하게 살았나니, 자기 몸
과 세상이 서로 버렸네(君平獨寂寞, 身世兩相棄)"라고
한바, 이것은 한나라 때 촉 지방의 은사 엄준嚴遵이

자신은 세속적인 가치를 부정하여 벼슬하기를 거부하고 세상은 그러한 그를 중용하지 않았다는 뜻이다. 희령 7년(1074) 8월에 지은 소식의 사 〈남가자南歌子〉(염염중추과苒苒中秋過)에도 "몸과 세상 맞지 않음을 일찍부터 아는 터, 고래 탄 공자를 모시고 호쾌하게 읊는 게 제격이겠네(早知身世兩聱牙, 好伴騎鯨公子 · 賦雄誇)"라는 구절이 있다. 이 연은 조정에서 밀려나 정치적 포부를 펼쳐 보지 못한 채 지방관으로서 허송세월해야 하는 자신의 안타까운 심정을 토로한 것으로 정치적 포부에 대한 약간의 체념이 드러나 있다.

(11) 白頭(백두): 백거이白居易의 시 〈강으로 가서 하첨을 전송하며(臨江送夏瞻)〉에 "근심스레 배를 보니 다시 이는 바람이여! 머리 흰 풍랑 속의 머리 흰 사람이여!(愁見舟行風又起, 白頭浪裏白頭人!)"라고 했다.

(12) 敎(교): ~로 하여금 ~하게 하다. 이 구절은 전당강이 상류인 서쪽을 향해 역류하는 현상을 가리킨다. 중국의 강들이 대부분 그렇듯이 전당강은 본래 동쪽으로 흐르지만 바다에서 밀물이 올라오면 일시적이나마 서쪽으로 역류하기도 한다. 강이 역류하여 서쪽으로 흐른다는 것은 비유적으로 사람이 다시 젊어짐을 의미한다.

(13) 濤淵(도연): 물결치는 깊은 못. 이 구절은 항주 일대에 강이 많음을 뜻한다.

(14) 冒利輕生(모리경생): 이익을 추구하느라 목숨을 경

시하다.

(15) 明主意(명주의): 북송北宋 신종神宗이 내린 파도타기 금지령을 가리킨다. 소식의 자주에 "이때 파도타기를 금지한다는 새 교지가 있었다(是時新有旨禁弄潮)"라고 했다. ≪함순임안지≫에 "치평(1064-1067) 연간에 군수 채양이 〈파도타기를 경계하는 글(戒弄潮文)〉을 지었고 희령(1068-1077) 연간에 양절찰방사 이승지가 이것을 금지해 달라고 주청했지만 끝내 막을 수가 없었다(治平中, 郡守蔡襄作〈戒弄潮文〉, 熙寧中, 兩浙察訪使李承之奏請禁止, 然終不能遏也)"라고 한 바와 같이 파도타기는 목숨을 잃기 쉬운 위험한 일이었다.

(16) 斥鹵(척로): 염분이 많아서 곡식이 자라지 못하는 땅. 이 구절은 강이나 바다를 육지로 바꾼다는 뜻이다.

(17) 江神(강신): 장강의 신.

(18) 河伯(하백): 황하의 신.

(19) 醯雞(혜계): 초파리. ≪장자莊子·전자방田子方≫에 "공자가 나와서 안회에게 '나는 천도 앞에서는 아마 초파리 한 마리와 같을 것이니라. 선생님께서 나의 몽매함을 깨우쳐 주지 않았다면 나는 천지가 크고 완전한 줄 몰랐을 것이다'라고 했다(孔子出, 以告顏回曰: '丘之於道也, 其猶醯鷄與! 微夫子之發吾覆也, 吾不知天地之大全也.')"라는 말이 있다.

(20) 海若(해약): 바다의 신. 황하의 신 하백이 가을철이 되어 잔뜩 불어난 강물을 보고 우쭐대다가 북해로 가

서 끝이 보이지 않는 바다를 보고는 자기가 우물 안의 개구리였음을 깨닫고 바다의 신 해약에게 자신의 초라함을 한탄했다.(≪장자·추수秋水≫ 참조) 이 연은 바다에서 밀려온 거센 물결이 도도하게 전당강의 강물을 역류시키는 현상을 묘사한 것이다.

(21) 夫差(부차): 춘추시대 오나라의 임금. 진원룡陳元龍의 ≪격치경원格致鏡原·무비류武備類≫에 인용된 ≪국어國語≫에 "부차에게는 무소가죽으로 만든 갑옷을 입은 군사가 3천 명 있었다(夫差衣水犀之甲者三千人)"라고 했다. 여기서는 오대五代 때의 오월왕 전류錢鏐를 가리키는바, 소식의 자주에 "오월왕은 일찍이 활로 조수의 꼭대기를 쏘며 해신과 싸운 적이 있는데 이때부터 물이 성에 가까이 오지 않았다(吳越王嘗以弓弩射潮頭, 與海神戰, 自爾水不近城)"라고 했고, ≪오월비사吳越備史≫에 "후량 개평 4년(910) 8월에 전무숙이 한해당을 만들기 시작했는데 강의 파도가 밀려오므로 왕이 강력한 쇠뇌 5백 개로 조수 꼭대기를 쏘게 하니 얼마 뒤에 조수가 마침내 서릉 쪽으로 나아갔다(梁開平四年八月, 錢武肅始作捍海塘, 王因江濤衝激, 命强弩五百以射潮頭, 旣而潮遂趨西陵)"라고 했다. 또 ≪북몽쇄언北夢瑣言≫에 의하면 항주에 해마다 조수가 나찰석羅刹石을 치므로 오월의 전상보錢尙父가 조수가 밀려오기를 기다려 활로 쏘게 하자 이때부터 조수가 점점 사라지고 나찰석은 육지로 변했다고 한다.

맥상화
陌上花三首

구선산에 가서 놀다가 마을 아이들이 <맥상화>를 부르는 소리를 들었다. 노인네들이 말하기를 "오월 국의 왕비님은 해마다 봄이 되면 꼭 임안으로 돌아 오셨는데 임금님께서 왕비님께 편지를 보내 '길가의 꽃이 피었으니 슬슬 돌아와도 되겠구려'라고 하셨답 니다"라고 했다. 오 지방 사람들이 그 말을 가지고 노래를 지었는데 거기에 담긴 생각이 감동적이어서 그것을 듣노라니 처량한 느낌이 들었다. 그러나 그 가사가 상스러워서 다음과 같이 고쳐 썼다.

遊九仙山[1], 聞里中兒歌<陌上花>. 父老云: "吳越王 妃[2], 每歲春必歸臨安[3], 王以書遺妃, 曰: '陌上花 開, 可緩緩歸矣.'" 吳人用其語爲歌, 含思宛轉, 聽之 凄然, 而其詞鄙野, 爲易之云.

제1수

길가에 꽃이 피고 나비가 나는 계절
강산은 아직 그대로인데 사람은 옛사람이 아니로다.
유민들은 몇 세대나 조금씩 늙어 갔을까?
슬슬 돌아오라고 소녀들이 길게 노래한다.

其一

陌上花開蝴蝶飛,　　　맥 상 화 개 호 접 비

江山猶是昔人非.　　　강 산 유 시 석 인 비

遺民幾度垂垂老,⁽⁴⁾⁽⁵⁾⁽⁶⁾　유 민 기 도 수 수 로

遊女長歌緩緩歸.⁽⁷⁾　유 녀 장 가 완 완 귀

제2수

길가에 야생화가 수없이 피면
행인들이 다투어 수레를 보러 왔었건만
성큼성큼 가는 세월을 어떻게 잡을 수 있다고
다시 한 번 슬슬 돌아오게 하리오?

其二

陌上山花無數開,　　　　맥상산화무수개

路人爭看翠軿來.[8]　　　로인쟁간취병래

若爲留得堂堂去,[9][10][11]　약위류득당당거

且更從教緩緩回.[12]　　　차갱종교완완회

제3수

살아생전의 부귀는 풀잎 끝의 이슬이요
죽은 뒤의 풍류는 길가의 꽃이지요.
그대도 이미 느릿느릿 노나라를 떠나게 됐으면서
신첩에게 슬슬 귀가하라 하셨군요.

其三

生前富貴草頭露,   생전부귀초두로

身後風流陌上花.[13]   신후풍류맥상화

已作遲遲君去魯,[14]   이작지지군거로

猶敎緩緩妾還家.[15][16]   유교완완첩환가

[해제]

이 시는 희령 6년(1073) 8월에 임안현 서쪽에 있는 구선산에
갔다가 그 산 기슭에 있는 한 마을의 아이들이 〈맥상화〉라는 민
가를 부르는 것을 보고 가사가 너무 비속하다고 생각하여 그것
을 좀 우아하게 고쳐 쓴 것이다. 인생무상감이 3수 전체를 관통
하고 있는 가운데, 제1수는 오월국이 망한 지 오래되었는데도
불구하고 오월국의 왕비에게 슬슬 돌아오라고 하는 내용의 〈맥
상화〉를 부르고 있는 것을 보고 자신도 모르게 무상감에 빠진
것이고, 제2수는 오월국이 망하고 오월왕비가 죽은 지 오래되
었음을 안타까워한 것이며, 제3수는 얼마 안 있으면 자기도 오
월국을 떠나 송나라에 귀순할 운명이 이미 닥친 줄을 모르고 왕
비에게 오월국의 도성인 항주로 돌아오라고 한 오월왕 전숙의
일을 안쓰럽게 여긴 것이다.

[주석]

(1) 九仙山(구선산): 절강성 임안현臨安縣 서쪽에 있
   는 산.

(2) 吳越王妃(오월왕비): 충의왕忠懿王 전숙錢俶의 왕
   비를 가리킨다. 청淸나라 학자 왕사정王士禎은 ≪대
   경당시화帶經堂詩話·표거류標擧類≫에서 "전무숙왕은
   글자를 몰랐지만 부인에게 보낸 그의 편지에 '길가의
   꽃이 피었으니 슬슬 돌아와도 되겠구려'라고 한 것은
   불과 몇 마디밖에 안 되면서도 한없이 멋있으니 비록
   문인이 다시 붓을 든다고 해도 이것을 능가할 수 없을
   것이다. 소동파가 이것을 부연하여 〈맥상화〉 절구 세

수를 지었다(錢武肅王目不知書, 然其寄夫人書云: '陌上花開, 可緩緩歸矣.' 不過數言, 而姿制無限, 雖復文人操筆, 無以過之. 東坡演之爲〈陌上花〉三絶句)"라고 한 바, 왕사정의 말에 의하면 오월왕비는 오월국의 건국자인 무숙왕 전류錢鏐(852-932)의 왕비를 가리키는 것이 되지만, 이 시 제3수 제3~4구를 보면 오월왕비는 오월국의 마지막 왕으로 태평흥국 3년(978)에 송나라에 귀순한 충의왕 전숙(929-988)의 왕비를 가리키는 것임에 틀림없어 보인다.

(3) 臨安(임안): 절강성 항주杭州의 서북쪽에 있는 현.

(4) 遺民(유민): 오월국 시절부터 살아온 임안의 백성들을 가리킨다.

(5) 幾度(기도): 몇 번.

(6) 垂垂(수수): 점점.

(7) 緩緩歸(완완귀): 원래의 〈맥상화〉에 있던 표현이다. 이 구절은 두목杜牧이 〈진회하에 배를 대니(泊秦淮)〉에서 "장사하는 여자들은 망국의 한도 모르고, 강 건너에서 아직도 〈후정화〉를 부른다(商女不知亡國恨, 隔江猶唱後庭花)"라고 한 표현법을 차용한 것으로 보인다.

(8) 翠軿(취병): 옛날에 귀족 부녀자들이 타던 푸른 휘장이 쳐진 수레. 오월왕비가 임안에서 항주로 돌아갈 때 탄 수레를 가리킨다. 이 연은 완곡한 말투로 돌아오라고 재촉하는 오월왕의 편지를 받고 항주로 돌아가는 오월왕비의 행차를 구경하기 위해 임안 일대에

있는 사람들이 우르르 모여들었다는 말이다.

(9) 若爲(약위): 어찌 ~할 수 있으랴.

(10) 留得(유득): 붙잡을 수 있다. '得'은 동사 뒤에 붙어서 가능성을 표시하는 조사이다.

(11) 堂堂去(당당거): 세월이 인정사정 보지 않고 성큼성큼 가 버리는 것을 가리킨다. 육유陸游의 〈세모의 감회(歲晚書懷)〉에 "가는 해는 성큼성큼 당당하게 가 버리고, 새봄은 기운차게 빨리도 온다(殘歲堂堂去, 新春鼎鼎來)"라는 구절이 있다.

(12) 從教(종교): ~로 하여금 ~하게 하다. 이 구절은 이제 더 이상 오월왕비에게 천천히 돌아오라고 할 수 가 없어졌음을 뜻한다.

(13) 陌上花(맥상화): 길가의 꽃. 이 구절은 화자인 오월왕비의 관점에서 절대 권력자인 오월왕과 자신이 죽고 난 뒤에는 길가의 꽃처럼 하찮은 존재가 되고 말 것이라는 무상감을 말하면서, 동시에 후세 사람의 관점에서 그들의 옛날 일이 〈맥상화〉라는 민가로 승화하여 임안 백성들 사이에 오래도록 사랑받는 역설적 현상이 벌어지고 있다는 경이감도 함축하고 있다.

(14) 去魯(거로): 원래 공자가 자기 나라인 노나라를 떠난 일을 가리키는데 여기서는 전숙이 송나라에 귀순하여 자기 나라를 떠나 송나라로 들어간 일을 가리킨다. ≪맹자孟子 · 만장하萬章下≫에 "공자께서 제나라를 떠날 때는 일던 쌀을 건져 가지고 즉시 떠났는데 노나라를 떠날 때는 '내 발걸음이 느리기만 하구나'라

고 하셨으니 그것은 부모의 나라를 떠나는 도리였다
(孔子之去齊, 接淅而行; 去魯, 曰: '遲遲吾行也', 去父
母國之道也)"라고 했다.

(15) 敎(교): ~로 하여금 ~하게 하다.

(16) 妾(첩): 신첩臣妾. 왕비가 임금 앞에서 자신을 가리
키던 겸칭謙稱. 오월국의 마지막 왕인 전숙은 태평홍
국 3년(978)에 자기 나라를 송나라에 바치고 귀순한
바, 이 연은 오월왕비가 오월왕을 안쓰럽게 생각하는
형식으로 권력이 덧없음을 말한 것이다.

쌍죽사 잠사 스님의 방에 쓴 시

書雙竹[1]湛師[2]房二首

제1수

나는 본래 서호의 고깃배 한 척
높은 집은 으슬으슬 추울까 봐 싫거니와
겨우 사방 열 자인 스님의 이 방
해맑은 향 하나가 종일 타는 게 부럽네.

其一

我本西湖一釣舟,[3]	아본서호일조주
意嫌高屋冷颼颼.[4]	의혐고옥랭수수
羨師此室纔方丈,[5]	선사차실재방장
一炷清香盡日留.	일주청향진일류

제2수

저녁의 북과 아침의 종을 스스로 치며
문 닫은 채 혼자 누워 남은 등불 바라보고
하얀 재를 다독이면 벌개지는 화롯불
쇄쇄 창을 때리는 빗소리를 누워서 듣네.

其二

暮鼓朝鐘自擊撞,　　　모고조종자격당

閉門孤枕對殘缸.[6]　　폐문고침대잔항

白灰旋撥通紅火,[7]　　백회선발통홍화

臥聽蕭蕭雨打窗.[8]　　와청소소우타창

[해제]

희령 6년(1073) 10월 항주 광엄사에 있는 잠사라는 스님의 방에다 써 놓은 시이다. 잠사 스님의 청빈하면서도 느긋한 생활을 부러워하는 심경이 진하게 배어 있다.

[주석]

(1) 雙竹(쌍죽): 사마광司馬光의 시 〈쌍죽雙竹〉의 서문에 "항주 광엄사에 쌍죽이 있으니 두 그루가 서로 붙어서 나란히 난다. 온 대밭이 다 이와 같은데 그 가운데 특히 이색적인 것은 마른 나무의 배 안에서 나서 그 꼭대기로 나와 나란히 우뚝 솟아 있는데 나무가 마치 용과 뱀이 엉겨 있는 것 같다. 이것을 보고 시를 짓는다(杭州廣嚴寺, 有雙竹, 相比而生. 擧林皆然, 其尤異者, 生枯樹腹中, 自其頂出, 森然騈聳, 樹如龍蛇相縈. 予見之, 爲詩)"라고 했다. 여기서는 쌍죽사雙竹寺 즉 광엄사廣嚴寺를 가리킨다.

(2) 湛師(잠사): 구체적인 행적이 알려져 있지 않다.

(3) 西湖(서호): 항주杭州 서호를 가리킨다.

(4) 颼颼(수수): 차가운 모양.

(5) 方丈(방장): 사방이 각각 1장丈 즉 10자씩이라는 뜻으로 절의 방을 가리키며, 유마거사維摩居士의 거실이 사방 1장이었다는 사실에서 비롯되어 주지 스님을 가리키기도 한다.

(6) 缸(항): 등잔. 등불. '강釭'과 같다. '강釭'으로 된 판

본도 있다.

(7) 通紅(통홍) : 매우 붉다.

(8) 蕭蕭(소소) : 비바람이 치는 소리.

보산에 새로 길이 닦여
寶山[1]新開徑

등나무 덩굴과 귤나무 가시로 원래는 길이 없었는데
종려 신 신고 지팡이 짚으니 이제는 부축 받을 필
요도 없네.
멀리서 오는 바람에 담소 소리 실려 오고
강이 나뉘어 흐르는 곳에 강과 호수 보이네.
부처님 나라의 청라 상투를 되돌아보니
신선의 벽옥 병을 두루 돌아다녔었네.
시골 사람 돌아갈 때 산 위에 달이 뜨는데
팥배 잎이 흔들리고 저녁 새 우네.

藤梢橘刺元無路,　　　　등초귤자원무로

竹杖椶鞋不用扶.[2]　　　죽장종혜불용부

風自遠來聞笑語,　　　　풍자원래문소어

水分流處見江湖.　　　　수분류처견강호

回觀佛國靑螺髻,[3]　　　회관불국청라계

踏遍仙人碧玉壺.[4]　　　답편선인벽옥호

野客歸時山月上,[5]　　　야객귀시산월상

棠梨葉戰暝禽呼.[6]　　　당리엽전명금호

[해제]

희령 6년(1073) 10월 항주 보산에 새로 개통된 오솔길을 따라 절 주위를 여기저기 산책하고 돌아가면서 그 감회를 노래한 것이다.

[주석]

(1) 寶山(보산): ≪함순임안지咸淳臨安志≫에 "보산은 황실 주방의 영문 안 첫 번째 골목에 있는데 그 위에 광엄사와 보규각이 있다(寶山在御廚營門內第一巷, 上有廣嚴寺‧寶奎閣)"라고 했다.

(2) 椶鞋(종혜): 종려수의 껍질로 만든 신발. 이 구절은 길이 잘 뚫려 있다는 말이다.

(3) 佛國青螺髻(불국청라계): 절이 있는 산에 산봉우리가 푸른 육계肉髻처럼 솟아 있는 모습을 가리킨다.

(4) 碧玉壺(벽옥호): 후한後漢 사람 비장방費長房이 신선이 되려고 애를 쓰고 있는데, 어느 날 시장에서 한 노인이 병을 하나 걸어 놓고 약초를 팔다가 장사가 끝나면 병 속으로 들어가는 것을 보았다. 비장방이 노인에게 부탁하여 그를 따라 병 속으로 들어가 보았더니 으리으리한 옥당에 술과 음식이 잔뜩 차려져 있었다. (≪후한서‧비장방전≫ 참조) 이로 인하여 옥호는 나중에 선경을 가리키는 말이 되었다. 이 연은 보산을 다 둘러보고 난 뒤 집으로 돌아가는 길에 자신이 다닌 곳을 되돌아보니 그곳이 다름 아닌 선경이었음을 알

겠다는 뜻이다.

(5) 野客(야객): 소식 자신을 가리킨다.

(6) 棠梨(당리): 팥배나무.

겨울 모란을 노래한 진술고의 시에 화답하여
和述古⁽¹⁾冬日牡丹四首

제1수

흘러내릴 듯 선명한 다홍빛 교태
봄빛이 되비치니 눈서리가 부끄럽겠네.
조화옹은 오직 새 솜씨를 뽐낼 욕심에
한가한 꽃을 잠시 쉬게 놔두지 않네.

其一

一朵妖紅翠欲流,⁽²⁾　　일타요홍취욕류

春光回照雪霜羞.　　춘광회조설상수

化工只欲呈新巧,⁽³⁾　　화공지욕정신교

不放閑花得少休.⁽⁴⁾　　불방한화득소휴

제2수

꽃 피는 시절에는 바람 불고 비 오더니
서리 내린 뒤에 외려 새빨갛게 물들였네.
봄빛을 누설시켜 한 물건을 편애하니
이 마음이 조화옹에게서 나왔다고 믿기지 않네.

其二

花開時節雨連風,   화개시절우련풍

却向霜餘染爛紅.[5]   각향상여염란홍

漏洩春光私一物,[6]   루설춘광사일물

此心未信出天工.[7]   차심미신출천공

제3수

당시에는 단지 말했네 학림사의 신선이
가을빛으로 두견화가 피게 할 줄 안다고.
그 누가 믿으리오 시가 자연의 조화를 되돌려
서리 맞은 나무에서 바로 봄꽃이 피게 할 수 있다고?

其三

當時只道鶴林仙,[8]   당시지도학림선

解遣秋光發杜鵑.   해견추광발두견

誰信詩能回造化,[9]   수신시능회조화

直敎霜栦放春姸.[10]   직교상열방춘연

제4수

맑은 서리가 작은 정원에 스며든 줄 모르고
일부러 시율을 가지고 따뜻하게 바꾸셨나 봐.
태수께선 남관의 시를 보시고 싶어
한공에게 부탁하여 뿌리를 물들이게 하셨나 봐.

其四

不分淸霜入小園,[11]　　　　불분청상입소원

故將詩律變寒暄.[12][13]　　　고장시률변한훤

使君欲見藍關詠,[14][15]　　　사군욕견람관영

更倩韓郞爲染根.[16][17]　　　갱청한랑위염근

[해제]

희령 6년(1073) 10월에 겨울철에 모란꽃이 피어난 기이한 현상을 읊은 진양의 시에 화답하여 지은 것이다. 시 가운데 신법파를 풍자한 구절이 있다고 하여 신법파 인사들이 오대시안을 일으킬 때 빌미를 제공한 시 중의 하나이다.

[주석]

(1) 述古(술고): 당시의 항주지주杭州知州 진양陳襄의 자字.

(2) 翠(취): 선명하다. 고사손高似孫의 ≪위략緯略≫에는 이 구절을 근거로 "'취翠'는 선명한 모양을 나타내는 말이지 색깔을 나타내는 말이 아니다. 그렇지 않다면 소동파의 시에 '홍紅'이라고 하고 또 '취翠'라고 할 수 있었겠는가?('翠', 鮮明貌, 非色也. 不然, 東坡詩旣曰'紅'矣, 又曰'翠', 可乎?)"라고 했고, 육유陸游는 ≪노학암필기老學菴筆記≫에서 자신의 직접적인 경험을 근거로 "소동파의 모란을 읊은 시에서 '취욕류翠欲流'가 무슨 말인지 처음에는 잘 몰랐는데 성도에 갔을 때 가게 위에 커다란 글씨로 '선취홍지포鮮翠紅紙舖'라고 쓴 가게 이름이 있는 것을 보고 그곳 사람에게 물어서 촉 지방 방언에는 '선취鮮翠'가 '선명鮮明'과 같은 말이라는 것을 알았다. 동파가 아마 고향 말을 시어로 쓴 모양이다(東坡牡丹詩, 初不曉'翠欲流'爲何語, 及遊成都, 有大署市肆, 曰: '鮮翠紅紙舖'. 問土人, 乃知蜀語, '鮮翠'猶言'鮮明'也. 東坡蓋用鄕語)"라고 했다.

(3) 新巧(신교): 겨울에 모란을 꽃 피우는 새로운 솜씨
라는 뜻으로 신법을 가리킬 가능성이 있다.

(4) 閑花(한화): 겨울을 맞아 쉬고 있는 모란을 가리킨
다. ≪오대시안烏臺詩案≫에 "희령 6년(1073) 항주
통판을 맡고 있을 때 지주가 지제고 출신으로 자가 술
고인 진양이었다. 겨울철인 이해 10월에 한 절에서
모란꽃 몇 송이가 핀 것을 보고 진양이 절구 네 수를
짓자 소식이 이에 화답하여 이러쿵저러쿵한바, 이 시
는 모두 조물주가 새로운 구상으로 새로운 일을 꾸미
려고만 하는 것에 빗대어서 당시의 집정 대신들이 백
성들을 잠시도 한가하게 놓아두지 않는 것을 풍자했
다(熙寧六年, 任杭州通判時, 知州係知制誥陳襄, 字述
古. 是年冬十月內, 一僧寺開牡丹數朶, 陳襄作四絶句,
軾嘗和云云. 此詩皆譏諷當時執政大臣, 以比化工但欲
出新意擘劃, 令小民不得暫閑也)"라고 했다.

(5) 向(향): ~에.

(6) 私一物(사일물): 특정 꽃나무를 사사롭게 대한다는
뜻으로 신종神宗이 신법과 인사를 각별히 중시한 사
실을 가리킬 가능성이 있다.

(7) 天工(천공): 조화를 부리는 대자연의 솜씨. 진양의
원시인 〈초화사超化寺의 모란을 읊어 나에게 보여 준
태상박사太常博士인 동생 가의 시에 차운하여(次韻柯
弟太博見示超化牡丹)〉 제2수에 "하늘이 함께 서리 빛
을 깔봤을까 내내 의아하거니와, 동황에게 조화의 솜
씨를 빌려주지 않았을까?(直疑天與凌霜色, 不假東皇

運化工?)"라는 구절이 있다.

(8) 鶴林仙(학림선): 도사 은칠칠殷七七을 가리킨다.
≪속선전續仙傳≫에 의하면 그는 주보周寶가 절서浙
西 지방을 다스릴 때 학림사鶴林寺로 가서 주보의
요청으로 도술을 부려서 9월 9일에 두견화가 피게
했다고 한다.

(9) 回造化(회조화): 대자연의 조화를 되돌리다. 진양
의 문집인 ≪고령집古靈集≫에 제1수와 제3수가 없어
지고 제2수와 제4수만 남아 있으므로 확인할 수 없으
나 아마 진양의 원시에 '시가 자연의 조화를 되돌릴
수 있다(詩能回造化)'와 관련된 구절이 있었을 것으로
보인다.

(10) 霜枿(상얼): 서리를 맞아 잎이 다 떨어진 나무.

(11) 不分(불분): 분간하지 못하다. 모르다.

(12) 將(장): ~로써. ~을 가지고.

(13) 變寒暄(변한훤): 추운 날씨를 변화시켜 따뜻하게
하다. 진양의 원시인 〈초화사의 모란을 읊어 나에게
보여 준 태상박사인 동생 가의 시에 차운하여(次韻柯
弟太博見示超化牡丹)〉 제4수에 "절 마당에 피어난 아
름다운 꽃 한 송이, 겨울이 봄으로 변함에 깜짝 놀랐
네. 멋진 꽃을 피우려고 어렵사리 키운 것과는 무관하
고, 애당초에 천시가 뿌리를 바꾸어 놓은 거라네(一朵
妖紅拆寺園, 忽驚寒律變春暄. 非關花好難栽接, 自是
天時變本根)"라고 했다. 진양의 이 시를 보면 겨울에
꽃을 피운 모란은 노천에서 자란 것이 아니라 온실에

서 재배한 것일 가능성이 있다.

(14) 使君(사군): 태수. 항주지주인 진양을 가리킨다.

(15) 藍關詠(남관영): 당나라 때의 신선 한상韓湘이 즉석에서 피운 모란꽃에 쓰여 있었다는, 한유韓愈의 앞날을 예언한 시구詩句를 가리킨다. ≪당소설唐小說≫에 "한상은 한퇴지(한유)의 종손자인데 스스로 즉석에서 피는 꽃인 경각화를 피울 수 있다고 하자 한유가 '자네가 어떻게 자연의 조화를 탈취할 수 있겠는가?'라고 했다. 한상이 흙을 모아 대야로 덮어 놓았다가 잠시 뒤에 대야를 들어 보니 파란색 모란 두 송이가 피어 있는데 잎에 작은 글씨로 '진령에 구름이 걸렸는데 고향은 어디일까? 눈이 남관을 에워싸서 말이 앞으로 가지 않네'라고 쓰여 있었다. 한유가 나중에 조주로 폄적되어 갈 때 남관에 이르러 눈을 만나자 깨닫는 바가 있었다(韓湘, 退之姪孫, 自言能開頃刻花, 愈曰: '子豈能奪造化乎?' 湘乃聚土以盆覆之, 俄而舉盆, 開碧牡丹二朶, 葉有小字云: '雲橫秦嶺家何在, 雪擁藍關馬不前.' 愈後謫潮州, 至藍關遇雪, 乃悟)"라는 이야기가 있다. 이 연은 진양이 자신의 앞날을 예언한 시구를 보고 싶어서 신선인 한상에게 부탁하여 때 아닌 모란을 피우게 한 모양이라고 우스갯소리를 한 것이다.

(16) 韓郞(한랑): 한상을 가리킨다.

(17) 染根(염근): 뿌리를 물들이다. "애당초에 천시가 뿌리를 바꾸어 놓은 거라네(自是天時變本根)"라는 진양의 시구를 되받아 쓴 것으로 꽃을 피운다는 뜻이다.

밤에 영락에 있는 문장로의 절에 들렀더니 문장로가 당시 와병 중이라 절에서 나가 있어서

夜至永樂[1]文長老院[2], 文時臥病退院[3]

파촉의 늙은이가 병이 들어서

황량한 시골에 누워 계신단 말 밤에 듣고

찾아와서 삼경의 달 아래 문을 두드리니

"지난 일이 어제 같은데 벌써 한 해가 지났네.

이 몸이 살아 있으니 다시 얘기할 수 있네" 하시네.

늘그막에 고향이 그리워선 아닐 텐데

나와 서로 감정이 잘도 통하고

병들어 누운 탓에 강당을 못 열어도

문장로의 불도는 더욱 존귀하나니

오로지 홀로 사는 늙은 학 한 마리가

고개 들어 손님을 보며 얘기하는 것 같을 뿐이네.

夜聞巴叟臥荒村,[4]   야문파수와황촌

來打三更月下門.[5]   래타삼경월하문

往事過年如昨日,   왕사과년여작일

此身未死得重論.   차신미사득중론

老非懷土情相得,[6]   로비회토정상득

病不開堂道益尊.[7]   병불개당도익존

惟有孤棲舊時鶴,[8]   유유고서구시학

擧頭見客似長言.   거두견객사장언

[해제]

희령 6년(1073) 11월에 수수현 영락향에 있는 보본선원 즉 본각사로 동향인인 문급장로를 찾아갔다가 병으로 인하여 절 밖으로 나가 있는 그의 여위면서도 고매한 자태를 보고 그 감회를 읊은 것이다.

[주석]

(1) 永樂(영락): 절강성 수수현秀水縣에 있는 향鄕.

(2) 文長老院(문장로원): 문장로가 주지로 있는 보본선원報本禪院 즉 본각사本覺寺를 가리킨다. 유담柳琰의 ≪가흥지嘉興志≫에 "수수현의 관청에서 서북쪽으로 15리 되는 곳에 있는 영락향에 본각사가 있다(秀水縣治西北十五里永樂鄕, 有本覺寺)"라고 했다. 문장로는 촉 지방 출신 승려로 이름이 문급文及이다.

(3) 退院(퇴원): 절에서 퇴거하다.

(4) 巴叟(파수): 파촉 땅의 늙은이. 문장로를 가리킨다.

(5) 月下門(월하문): 가도賈島의 시 〈이응의 은거처에 부쳐(題李凝幽居)〉에 "새는 연못 가의 나무에서 잠자고, 스님은 달빛 아래 대문을 두드린다(鳥宿池邊樹, 僧敲月下門)"라는 구절이 있다.

(6) 相得(상득): 서로 마음이 잘 맞다.

(7) 開堂(개당): 강당을 열어서 불법을 강론하다.

(8) 舊時鶴(구시학): 늙고 병들어서 여윌 대로 여위었지만 내면에 고매한 기상이 깃들어 있는 문장로를 가리킨다.

초산 윤장로의 벽에 쓴 시
書焦山[1]綸長老[2]壁

법사께선 초산에 사신다지만
사실은 초산에 사신 적이 없다네.
나는 매번 올 때마다 불법을 여쭈어보았으나
법사께선 한 마디도 말씀이 없었다네.
법사께서 말씀을 안 하신 게 아니라
대답해 주신 것을 몰라서 오해한 것이라네.
그대여 보게나 머리와 발이
본래부터 갓과 신을 편안하게 여기는 걸.
이것은 마치 수염이 긴 어떤 사람이
수염 긴 걸 고통으로 여기지 않았는데
어느 날 갑자기 어떤 사람이
잘 때마다 수염을 어디에 두느냐고 묻는 통에
이불 위에 두어 보고 이불 밑에 두어 봐도
밤새도록 수염을 둘 곳이 없어
마침내 새벽까지 몸을 뒤척이다가

모조리 뽑아 버리고 싶어진 것과 같다네.
이 말은 비록 좀 비천하지만
음미해 보면 그래도 깊은 맛이 있다네.
이것을 가지고 법사께 여쭈어보니
법사께서 씩 웃으며 수긍하시네.

法師住焦山,　　　　법사주초산

而實未嘗住.⁽³⁾　　이실미상주

我來輒問法,　　　　아래첩문법

法師了無語.⁽⁴⁾　　법사료무어

法師非無語,　　　　법사비무어

不知所答故.⁽⁵⁾　　부지소답고

君看頭與足,　　　　군간두여족

本自安冠屨.⁽⁶⁾⁽⁷⁾　본자안관구

譬如長鬣人,⁽⁸⁾⁽⁹⁾　비여장렵인

不以長爲苦.　　　　불이장위고

一旦或人問,　　　　일단혹인문

每睡安所措.⁽¹⁰⁾　매수안소조

歸來被上下,　　　　귀래피상하

218

一夜無著處.　　　　　일야무착처

展轉遂達晨,[(11)]　　　전전수달신

意欲盡鑷去.　　　　　의욕진섭거

此言雖鄙淺,　　　　　차언수비천

故自有深趣.[(12)]　　고자유심취

持此問法師,　　　　　지차문법사

法師一笑許.　　　　　법사일소허

희령 7년(1074) 2월에 지은 것으로, 불법이란 말로써 설명하기는 어렵고 무의식중에 스스로 깨달아야 한다는 초산 윤장로의 무언의 가르침을 시로 형상화했다.

[주석]

(1) 焦山(초산): 강소성 진강鎭江에 있는 섬으로 금산사金山寺보다 약간 아래쪽의 장강 안에 있다.

(2) 綸長老(윤장로): 스님 이름.

(3) 未嘗住(미상주): 산 적이 없다. 이 연은 윤장로가 초산에 거주한다는 사실을 의식하지 않은 채 자유분방하게 지낸다는 뜻이다.

(4) 了無(요무): 조금도 없다.

(5) 所答(소답): 윤장로가 한 무언의 대답을 가리킨다.

(6) 本自(본자): 본래.

(7) 安冠屨(안관구): ≪한서漢書·유림전儒林傳≫에 "황생이 말하기를 '갓은 비록 해졌어도 머리에 써야 하고 신은 비록 새것이라도 발에 신어야 합니다. 왜 그럴까요? 위와 아래의 구분이 있기 때문이지요'라고 했다(黃生曰: '冠雖敝, 必加於首; 履雖新, 必貫於足. 何者? 上下之分也.')"라는 말이 있다. 이 구절은 갓이 머리를 압박하고 신이 발을 구속해도 평소에는 머리와 발이 그것을 의식하지 못하기 때문에 불편하게 여기지 않는다는 뜻이다.

(8) 譬如(비여): 비유하자면 ~와 같다.

(9) 長鬣人(장렵인): 수염이 긴 사람.

(10) 安所(안소): 어디.

(11) 展轉(전전): 전전반측輾轉反側하다.

(12) 故自(고자): 그래도. 역시.

무석 일대를 다니는 도중에 무자위를 보고
無錫[1] 道中賦水車[2]

꼬리 물고 줄을 지어 훨훨 나는 까마귀 떼
울룩불룩 앙상한 허물 벗은 뱀
두둑으로 나뉜 푸른 물결은 날아가는 구름장
옮겨 심은 벼 싹은 물을 뚫은 푸른 침
동정산엔 오월에도 황사가 날 지경이고
동굴에는 큰북 치듯 악어가 울어 댄다.
하늘이여 늙은 농부 우는 모습 안 보이나요?
아향을 불러내어 우레의 수레를 밀게 하소서.

翻翻聯聯銜尾鴉,[3][4]	번번련련함미아
犖犖确确蛻骨蛇.[5]	락락학학태골사
分疇翠浪走雲陣,[6]	분주취랑주운진
刺水綠鍼插稻芽.	자수록침삽도아
洞庭五月欲飛沙,[7]	동정오월욕비사
鼉鳴窟中如打衙.[8]	타명굴중여타아
天公不見老翁泣,	천공불견로옹읍
喚取阿香推雷車.[9][10]	환취아향추뢰거

[해제]

상주와 윤주 일대를 시찰 중이던 희령 7년(1074) 5월 무석에서 농민들이 가뭄을 극복하느라 당시로서는 최신 농기구였던 무자위로 물을 퍼서 논에 대는 광경을 보고 지은 것이다.

[주석]

(1) 無錫(무석): 지금의 강소성 무석.

(2) 水車(수차): 무자위. 물을 높은 곳으로 끌어 올리는 기계. 양수기.

(3) 翻翻(번번): 날아다니는 모양.

(4) 聯聯(연련): 끊임없이 죽 이어진 모양.

(5) 犖犖确确(낙락학학): 뼈마디가 앙상하게 드러난 모양. 이 연은 무자위가 쉬지 않고 돌아가는 모양을 묘사한 것이다.

(6) 雲陣(운진): 구름 무더기. 이 구절은 바람이 불면 파란 벼가 물결을 이루며 흔들리는 모양을 묘사한 것이다.

(7) 洞庭(동정): 동정산. 동동정산東洞庭山 즉 동정동산洞庭東山은 태호太湖의 동쪽 호반에서 서남쪽을 향해 호수 안으로 길쭉하게 뻗어 있고, 서동정산 즉 동정서산은 태호의 중앙에서 호주湖州 쪽으로 약간 치우쳐 있는 섬이다. 이 구절은 날씨가 오랫동안 가물었음을 뜻한다.

(8) 衙(아): 아고衙鼓. 관아에서 아전들을 불러 모으거

나 해산시킬 때 치는 큰북. 이 구절은 악어가 안식처를 잃어 간다는 뜻으로 날이 너무 가물어서 동굴의 물이 말라 감을 서술하면서 동시에 빠른 속도로 동굴의 물을 뽑아 가는 무자위의 위력도 강조한 것으로 보인다.

(9) 喚取(환취): 부르다. '취取'는 의미 없는 조자助字이다.

(10) 阿香(아향): 우레의 수레를 밀고 다니며 비를 뿌린다는 여신. 진나라 영화(345-356) 연간에 주周씨라는 사람이 시골길을 가다가 어느 여자의 집에서 하룻밤 묵게 되었는데 밤중에 문밖에서 한 아이가 "아향! 관아에서 당신에게 우레의 수레를 밀래요"라고 하자 아향이라는 이름의 그 여자가 집에서 나갔다. 그리고 그날 밤에 뇌우가 쏟아졌다. 새벽에 주씨가 지난밤에 누워 잔 곳을 살펴보니 무덤이 하나 있을 뿐이었다. (≪수신기搜神記≫ 참조)

영락의 문장로께 들렀더니 이미 돌아가셔서
過永樂⁽¹⁾文長老⁽²⁾已卒

처음에는 놀랐네
학처럼 여위시어 알아볼 수 없음에.
이윽고 깨달았네
구름처럼 돌아가서 찾을 데가 없음을.
세 차례 그의 집을 찾아왔는데
늙었다 병들었다 돌아가셨네.
손가락 한 번 튕기는 짧은 순간에
과거 현재 미래가 다 지나갔네.
죽음이야 봐 버릇해 아예 눈물도 안 나건만
고향을 못 잊어서 그래도 마음이 짠하네.
전당에 가서 원택 스님 찾아뵙고자
갈홍천에서 가을이 깊어지길 기다려야 되겠네.

初驚鶴瘦不可識,　　　　초경학수불가식

旋覺雲歸無處尋.　　　　선각운귀무처심

三過門間老病死,　　　　삼과문간로병사

一彈指頃去來今.(3)(4)　일탄지경거래금

存亡慣見渾無淚,　　　　존망관견혼무루

鄕井難忘尙有心.(5)　　향정난망상유심

欲向錢塘訪圓澤,(6)(7)　욕향전당방원택

葛洪川畔待秋深.(8)　　갈홍천반대추심

[해제]

희령 7년(1074) 5월 영락향에서 지은 것이다. 소식은 동향의 승려인 문장로를 세 번 방문했는데 그때마다 시를 지었다. 첫 번째는 희령 5년(1072)의 일로 〈수주 보본선원의 동향인 주지승 문장로(秀州報本禪院鄉僧文長老方丈)〉를 지었고, 두 번째는 희령 6년(1073)의 일로 〈밤에 영락에 있는 문장로의 절에 들렀더니 문장로가 당시 와병 중이라 절에서 나가 있어서(夜至永樂文長老院, 文時臥病退院)〉를 지었으며, 세 번째는 희령 7년의 일로 바로 이 시를 지었다. 그러나 소식이 세 번째로 그를 찾아갔을 때 그는 이미 세상을 떠나고 없었다.

[주석]

(1) 永樂(영락): 절강성 수수현秀水縣에 있는 향鄕.

(2) 文長老(문장로): 촉 지방 출신 승려로 이름이 문급文及이었다.

(3) 一彈指(일탄지): 《번역명의翻譯名義》에 "시간 중에서 지극히 짧은 것을 찰나라고 한다. 장사가 손가락을 한 번 튕기는 시간이 65찰나이다(時之極少爲刹那. 壯士一彈指頃, 六十五刹那)"라는 말도 있고, 또 "20념이 1순이고 20순을 1탄지라고 한다(二十念爲一瞬, 二十瞬名一彈指)"라는 말도 있다.

(4) 去來今(거래금): 불교에서 과거·미래·현재를 가리키는 말.

(5) 鄕井(향정): 고향.

(6) 錢塘(전당): 절강성 항주杭州를 가리킨다.

(7) 圓澤(원택): 당唐나라 때 낙양洛陽 혜림사惠林寺의
승려. 그는 이원李源이라는 사람과 친한 사이여서 함
께 사천 지방에 있는 청성산青城山과 아미산峨眉山을
구경하러 가다가 도중에 성이 왕씨王氏인 한 부인을
보고 그녀의 아들로 환생해야 한다면서 이원에게 12
년 뒤의 중추절 달밤에 항주 천축사天竺寺에서 다시
만나자고 했다. 12년 뒤에 이원이 항주로 갔더니 한
목동이 갈홍천葛洪川 가에서 소의 뿔을 두들기며 노
래를 부르는 소리가 들렸다. 이원이 "원택공께서는 안
녕하신지요?" 하고 묻자 목동이 "이공李公은 믿을 만
한 분이군요. 그러나 세속의 인연이 다하지 않았으니
가까이 오지는 마시오"라고 했다. 목동은 또 "오월 땅
의 산천은 두루두루 다 봤으니, 노를 돌려 구당瞿塘으
로 올라가리라" 하고 노래를 부르면서 자취를 감추어
버려 어디로 갔는지 알 수가 없었다.(왕십붕王十朋,
≪백가주분류동파선생시百家註分類東坡先生詩≫ 참조)
이 연은 내세의 문장로라도 다시 만나고 싶을 정도로
간절한 소식의 마음을 담고 있다.

(8) 葛洪川(갈홍천): 진晉나라 도사 갈홍이 단사를 구
웠다는, 항주 서북쪽의 갈령葛嶺에서 발원하는 작은
강이었을 것으로 보인다.

이행중 수재의 취면정

李行中[1] 秀才[2] 醉眠亭[3] 三首

제1수

이미 몸이 한가로워 지상신선이 다 됐는데
더구나 술잔 속에서 천성을 보전하네.
인생길에 풍파가 고약하다 할지라도
하비서감은 물 밑에서 잘도 잤다네.

其一

已向閑中作地仙,[4] 이 향 한 중 작 지 선

更於酒裏得天全.[5] 갱 어 주 리 득 천 전

從教世路風波惡,[6][7] 종 교 세 로 풍 파 악

賀監偏工水底眠.[8][9][10] 하 감 편 공 수 저 면

제2수

"나 졸리니 그대 일단 돌아가서 쉬게나."
남들은 이 말이 초탈한 말이라 하나
취중에 손님 앞에서 누워 자면 또 어때서?
도잠도 그대만은 못했음을 알아야 하리.

其二

君且歸休我欲眠,[11]   군차귀휴아욕면

人言此語出天然.   인언차어출천연

醉中對客眠何害,[12]   취중대객면하해

須信陶潛未若賢.[13][14]   수신도잠미약현

제3수

변효선의 멋진 생활도 좋아할 만하다네
주공을 만나기 위해 낮잠을 자려 했으니.
그래도 누룩 베고 잔 분은 그대를 비웃겠네
쓸데없이 빈 배에 옛날 책이나 넣었으니.

其三

孝先風味也堪憐,[15]   효선풍미야감련

肯爲周公晝日眠.[16][17]   긍위주공주일면

枕麴先生猶笑汝,[18]   침국선생유소여

枉將空腹貯遺編.[19][20]   왕장공복저유편

[해제]

항주통판杭州通判의 임기를 마치고 밀주지주密州知州로 부임해 가는 도중이던 희령 7년(1074) 9월 '술에 취하여 잠자는 정자'라는 뜻을 지닌 이무회의 취면정에서 이무회의 신선 같은 자태와 생활을 해학적으로 묘사한 것이다.

[주석]

(1) 行中(행중): 이무회李無悔의 자字. ≪중오기문中吳紀聞≫에 "이무회는 자가 행중으로 본래 삽천 사람이었는데 송강으로 옮겨 가서 살았으며 인품이 고상하여 벼슬길에 나아가지 않았다(李無悔, 字行中, 本雪川人, 徙居淞江, 高尚不仕)"라고 했다.

(2) 秀才(수재): 관리 선발 시험의 한 분과로 한나라 때 생긴 이후 역대 왕조가 답습하다가 당나라 때 폐지했다. 송나라 때에는 과거에 응시하는 사람을 다 수재라고 불렀으며 원나라 이후에는 서생을 통칭하여 수재라고 했다.

(3) 醉眠亭(취면정): 이무회가 지은 정자. ≪오군지吳郡志≫에 "취면정은 송강에 있는바 이무회가 살던 곳이다(醉眠亭在淞江, 李無悔所居)"라고 했고, ≪지원가화지至元嘉禾志≫에 "이행중이 청룡강 가에 정자를 지어 여러 공들에게 다 그것을 읊은 시가 있다(李行中築亭于青龍江上, 諸公皆有詩)"라고 했다.

(4) 地仙(지선): 땅 위에 사는 신선. 신선놀음을 하는

233

사람을 가리킨다.

(5) 天全(천전): 천성의 보전.

(6) 從(종): 비록 ～라고 할지라도. '종縱'과 같다.

(7) 敎(교): ～로 하여금 ～하게 하다.

(8) 賀監(하감): 하지장賀知章을 가리킨다. 그는 비서 감秘書監을 지낸 적이 있으므로 만년에 자칭 비서외 감秘書外監이라고 했다.

(9) 偏(편): 가장. 특히.

(10) 水底眠(수저면): 두보杜甫의 〈음중팔선가飮中八仙 歌〉에 "하지장은 말을 탄 게 배를 탄 것 같은데, 눈이 침침해 우물에 빠지면 물 밑에서 잔다네(知章騎馬似 乘船, 眼花落井水底眠)"라는 구절이 있다. 갈홍葛洪이 ≪포박자抱朴子·석체釋滯≫에서 "우리 종조부이신 선 공께서는 술에 크게 취하거나 뜨거운 여름이 되면 매 번 깊은 연못 밑으로 들어가 하루가량 계시다가 나오 셨으니 이는 숨을 멈추고 태식법으로 호흡할 줄 아셨 기 때문이다(余從祖僊公, 每大醉及夏天盛熱, 輒入深 淵之底, 一日許乃出者, 正以能閉氣胎息故耳)"라고 한 것을 보면 물 밑에서 자는 것은 도가적 수양이 깊은 사람이라야 가능한 일임을 알 수 있다.

(11) 君且歸休(군차귀휴): ≪송서宋書·도연명전陶淵明 傳≫에 "도잠은 자기가 먼저 취하면 곧 손님에게 '제가 취해서 잠이 오니 이젠 가 보시지요'라고 했다(潛若先 醉, 便語客: '我醉欲眠卿可去.')"라는 말이 있고, 이백 李白의 시 〈산속에서 은자와 대작하노라니(山中與幽

人對酌)〉에 "내가 취해 잠이 오니 그대는 일단 갔다가, 내일 아침에 생각 있으면 거문고 안고 오시게(我醉欲眠卿且去, 明朝有意抱琴來)"라는 구절이 있다.

(12) 醉中對客眠(취중대객면): 취면정의 '취면'을 풀어 쓴 것이다.

(13) 陶潛(도잠): 동진東晉 때의 시인.

(14) 賢(현): 2인칭 대명사. 취면정의 주인인 이무회를 가리킨다.

(15) 孝先(효선): 후한後漢 사람 변소邊韶의 자字. 하루는 변소가 의자에 앉은 채로 낮잠을 자는데 제자들이 흉을 보기를 "변효선은 배가 뚱뚱해 가지고 책 읽는 데는 게으르고 잠이나 자고 싶어 한다"라고 했다. 변소가 이 말을 듣고 적당한 기회에 말했다. "배가 뚱뚱한 것은 오경五經이 잔뜩 들어 있기 때문이고, 잠을 자려고 하는 것은 꿈에 주공周公을 만나 얘기하려고 그러는 것이다. 스승을 흉보아도 된다는 말이 어느 경전에 적혀 있더냐?" 이 말을 듣고 제자들이 크게 부끄러워했다.(≪후한서·변소전≫ 참조) 꿈에 주공을 만난다는 것은 공자孔子가 "오래되었도다 내가 더 이상 꿈에 주공을 보지 못함이!(久矣吾不復夢見周公!)"라고 한 말을 차용한 것이다.(≪논어論語·술이述而≫ 참조)

(16) 周公(주공): 주나라 성왕成王의 숙부. 나이 어린 성왕을 위해 섭정을 할 때 사리사욕을 부리지 않고 어진 정치를 베풀었기 때문에 공자가 그를 성인으로 추앙

했다.

(17) 晝日(주일): 대낮.

(18) 枕麴先生(침국선생): 진晉나라 때 죽림칠현竹林七賢의 한 사람으로 술을 매우 좋아한 유령劉伶을 가리킨다. 그가 지은 〈주덕송酒德頌〉에 "대인 선생은 이때 한창 술병과 술통을 들고 다니고, 술잔을 입에 문 채 술로 양치질을 하고, 수염을 튕기면서 다리를 죽 뻗고 앉아 있거나, 누룩을 베고 지게미를 깔고 앉아 있었다 (先生於是, 方捧罌承槽, 銜杯漱醪, 奮髯箕踞, 枕麴藉糟)"라는 말이 있는바, 이 글 속의 대인 선생은 바로 유령 자신을 가리킨다.

(19) 枉(왕): 공연히. 쓸데없이. 이 연은 변소가 낮잠을 즐기며 유유자적한 것은 본받을 만한 일이지만 그렇다고 할지라도 옛날에 경전을 많이 읽은 것은 유령 같은 사람의 관점에서 보면 인생의 낭비라고 볼 수 있다는 뜻이다.

(20) 遺編(유편): 옛날 사람이 편찬하여 물려준 책. 변소가 자신의 뚱뚱한 배 안에 잔뜩 들어 있었다고 한 경전을 가리킨다. 이 연은 책을 열심히 읽는 것보다 술이나 많이 마시는 편이 더 현명하다는 뜻으로 유령을 핑계 삼아 해학적인 필치로 넌지시 자신의 생각을 표명한 것이다.

눈이 내린 뒤 북대의 벽에 쓴 시
雪後書北臺[1]壁二首

제1수

황혼녘엔 비가 아직 부슬부슬 내렸기에
고요한 밤바람 자고 날씨가 추워져도
이불에 물 뿌린 듯한 느낌만 들었을 뿐
정원에 이미 소금이 수북한 줄은 몰랐다.
오경의 새벽빛이 서재를 찾아오는데
한밤중의 찬 소리가 처마에서 떨어지매
북대의 눈을 쓸고 마이산을 한 번 바라보니
눈에 덮이지 않은 것은 두 봉우리뿐이로다.

其一

黃昏猶作雨纖纖,	황혼유작우섬섬
夜靜無風勢轉嚴.(2)	야정무풍세전엄
但覺衾裯如潑水,	단각금주여발수
不知庭院已堆鹽.	부지정원이퇴염
五更曉色來書幌,(3)(4)	오경효색래서황
半夜寒聲落畫簷.(5)(6)	반야한성락화첨
試掃北臺看馬耳,(7)(8)	시소북대간마이
未隨埋沒有雙尖.(9)(10)	미수매몰유쌍첨

제2수

성 위에 해가 뜨고 까마귀 날기 시작하자
햇살 받은 진흙 길이 수레가 빠질 지경
얼어붙은 옥 누각엔 추위로 소름 일고
반짝이는 은빛 바다는 눈이 부셔 어지럽구나.
누리 알이 땅속으로 천 자나 들어갈 터
보리가 구름에 닿는 집이 몇 집이나 되려나?
늙고 병들어 시 짓는 힘이 약해졌다 자탄하고
〈고드름〉이나 읊으며 유차를 그리누나.

其二

城頭初日始翻鴉,⁽¹¹⁾　　성두초일시번아

陌上晴泥已沒車.　　맥상청니이몰차

凍合玉樓寒起粟,⁽¹²⁾⁽¹³⁾⁽¹⁴⁾　　동합옥루한기속

光搖銀海眩生花.⁽¹⁵⁾　　광요은해현생화

遺蝗入地應千尺,⁽¹⁶⁾　　유황입지응천척

宿麥連雲有幾家.⁽¹⁷⁾⁽¹⁸⁾　　숙맥련운유기가

老病自嗟詩力退,　　로병자차시력퇴

空吟冰柱憶劉叉.⁽¹⁹⁾⁽²⁰⁾　　공음빙주억류차

240

[해제]

희령 8년(1075) 1월에 눈이 내린 뒤의 감회를 읊어서 밀주 북성 위에 있던 북대의 벽에 써 놓은 시이다. 육유陸游가 〈동파가 '첨尖'자와 '차叉'자를 운자로 삼아 눈을 노래한 시에 화답한 여성숙의 시를 읽고(跋呂成叔和東坡尖叉韻雪詩)〉에서 "소문충공(소식)의 문집에 '첨尖'·'차叉' 두 자를 써서 눈을 읊은 시가 있고 왕문공(왕안석)의 문집에는 또 소식의 운에 차운하여 지은 시가 있는데 논자들이 말하기를 '이들 두 분 말고는 이렇게 지을 수 있는 사람이 없다'라고 한다. 예주통판 성숙 여문지는 마침내 단번에 100편을 화답했는데 한 글자 한 글자가 다 절묘하여 억지로 끌어다 붙인 병폐가 없다(蘇文忠集中有雪詩, 用'尖'·'叉'二字, 王文公集中又有次蘇韻詩, 議者謂: '非二公莫能爲也.' 通判澧州呂文之成叔, 乃頓和百篇, 字字工妙, 無牽强湊泊之病)"라고 한 것을 통하여 알 수 있는 바와 같이 당시 많은 시인들이 이 시에 화답하는 시를 지었다.

[주석]

(1) 北臺(북대): 밀주密州(지금의 산동성 제성諸城)에 있던 누대. 장호張淏의 《운곡잡기雲谷雜記》에 "북대는 밀주의 북쪽에 있는데 성곽을 토대로 삼아 누대를 지었는바 마이산과 상산이 그 남쪽에 있었다. 소동파가 밀주지주로 있을 때 그것을 수선하여 새롭게 만들자 동생 자유가 이름을 초연대로 하자고 청했다(北臺, 在密州之北, 因城爲臺, 馬耳與常山在其南. 東坡爲守日, 葺而新之, 子由因請名之日超然臺)"라고 했으므로 북대가 바로 초연대超然臺의 전신임을 알 수 있다.

(2) 轉嚴(전엄): 심해지다.

(3) 五更曉色(오경효색): 눈이 많이 쌓임으로 인하여 한밤중임에도 불구하고 마치 날이 샌 것처럼 주위가 훤하게 보이는 현상을 가리킨다.

(4) 書幌(서황): 서재書齋.

(5) 寒聲(한성): 왕문고王文誥의 ≪소식시집蘇軾詩集≫에 "이른바 '찬 소리'란 눈이 많이 내려서 나는 소리를 말한다(所謂'寒聲'者, 雪大而有聲也)"라고 했는데, 지붕 위에 쌓인 눈 무더기가 떨어지면서 나는, 들릴 듯 말 듯한 소리를 가리키는 것으로 보인다. 우리나라 시인 김광균의 시 〈설야〉에 "하이얀 입김 절로 가슴이 메어, 마음 허공에 등불을 켜고, 내 홀로 밤 깊어 뜰에 나리면, 머언 곳에 여인의 옷 벗는 소리"라는 구절이 있다.

(6) 畫簷(화첨): 단청을 칠한 아름다운 처마.

(7) 試(시): 시험 삼아 잠시 한번 해 보다.

(8) 馬耳(마이): 산동성 제성에 있는 산. 진기陳沂의 ≪산동지山東志≫에 "마이산은 제성현에서 서남쪽으로 60리 되는 곳에 있다(馬耳山在諸城縣西南六十里)"라고 했고, 소식의 〈초연대기超然臺記〉에 "동산의 북쪽에 성곽을 토대로 삼아 누대를 지은 지가 오래되었는데 이것을 조금 수선하여 새롭게 만들어 놓고 때때로 함께 올라가 아래를 굽어보며 기분을 풀곤 했다. 남쪽으로 마이산과 상산을 바라보면 나타났다 사라졌다 하는 것이 가까운 것 같기도 하고 먼 것 같기도 하

여 은둔하는 군자가 있을 것만 같다(園之北, 因城以爲
臺者舊矣, 稍葺而新之. 時相與登覽, 放意肆志焉. 南望
馬耳·常山, 出沒隱見, 若近若遠, 庶幾有隱君子乎)"라
고 했다.

(9) 隨埋沒(수매몰): 눈이 내림에 따라 그것에 뒤덮여
   보이지 않게 됨을 뜻한다.

(10) 雙尖(쌍첨): 두 개의 뾰족한 봉우리. 마이산을 가리
   킨다. ≪수경주水經注≫에 "마이산은 높이가 100장인
   데 정상에 바위 두 개가 나란히 솟아 있어서 멀리서
   바라보면 말의 귀와 같기 때문에 세상에서 마이산이
   라는 이름을 붙였다(馬耳山高百丈, 上有二石幷擧, 望
   齊馬耳, 故世取名焉)"라고 했고, 왕문고의 ≪소식시
   집≫에는 "북대의 눈을 쓸고 거기에 올라 멀리 한번
   바라본다고 한 것은 뭇 산들이 다 눈에 덮여 있는데
   마이산의 뾰족한 두 봉우리만은 아직 덮이지 않은 것
   을 노래한 것이다(句謂試埽北臺登望, 則羣山爲雪所
   封, 惟馬耳雙尖猶未沒也)"라고 했다.

(11) 初日(초일): 아침에 막 떠오르는 태양.

(12) 合(합): 이루다.

(13) 玉樓(옥루): 옥으로 만든 누각. 눈에 덮인 채 얼어
   붙어서 반짝반짝 빛나는 북대를 가리킨다.

(14) 粟(속): 진속軫粟. 진속疹粟. 춥거나 무서울 때 피
   부에 돋는 좁쌀처럼 생긴 소름.

(15) 花(화): 안화眼花. 눈앞에 불똥 같은 것이 어른거리
   는 증세.

(16) 遺蝗(유황): 땅속에 산란한 누리의 알을 가리킨다.
왕십붕王十朋의 ≪백가주분류동파선생시百家註分類東
坡先生詩≫에 "눈은 보리의 성장에 좋고 누리를 물리
치기 때문에 풍년이 들 상서로운 징조이다. 누리는 땅
속에 알을 낳는데 눈이 한 자 오면 땅속으로 1장이나
들어가기 때문에 보리가 눈을 맞으면 싱싱해져서 풍
년이 든다. 이것은 늙은 농부의 말이다(雪宜麥而辟蝗,
故爲豐年之祥兆. 蝗遺子於地, 若雪深一尺, 則入地一
丈, 麥得雪則滋茂而成稔歲. 此老農之語也)"라고 했다.

(17) 宿麥(숙맥): 가을보리. 가을에 씨를 뿌려 이듬해 여
름에 수확하는 보리. 이와 달리 이른 봄에 씨를 뿌려
여름에 수확하는 것을 봄보리라고 한다.

(18) 連雲(연운): 구름에 닿을 정도로 멀리 뻗어 있음을
가리킨다. 이 구절은 보리를 아주 많이 수확하는 집이
적지 않을 것이라는 기대감을 나타낸 것이다.

(19) 冰柱(빙주): 고드름. 고드름을 읊은 유차劉叉의 시
를 가리킨다.

(20) 劉叉(유차): 한유韓愈의 제자. "이것은 무덤 속의
사람에게 아부하여 얻은 것일 뿐이니 나에게 주어서
잘 먹고 잘살게 하는 편이 낫다(此諛墓中人得耳, 不若
與劉君爲壽)"라고 하면서 한유가 묘지명을 써 주고 받
은 금 몇 근을 가지고 사라졌을 만큼 세속적인 일에
구애되지 않고 거리낌 없는 행동을 잘한 사람이었다.
그가 지은 시 〈고드름(冰柱)〉과 〈눈썰매(雪車)〉는 노
동盧仝과 맹교孟郊를 능가할 정도라 번종사樊宗師가

보고 그에게 특별히 경의를 표했다고 한다.(≪신당서·유차전≫ 참조) 소식의 시 〈강 위에서 눈을 만나 구양수체를 모방하여 '소금·옥·학·백로·솜·나비·비행·춤' 따위를 비유로 삼지 않고 또한 '호호·백백·결결·소소' 등의 글자를 사용하지 않기로 제한하여 자유의 시에 차운한다(江上值雪, 效歐陽體, 限不以鹽玉鶴鷺絮蝶飛舞之類爲比, 仍不使皓白潔素等字, 次子由韻)〉에도 언급되어 있는 바와 같이, 옛날 시인들은 영물시를 지을 때 주제와 직접적으로 관련이 있는 글자나 어휘를 사용하지 않고 지으려는 경향이 있었는데 소식 자신은 시를 짓는 힘이 약해져서 그렇게 하기 힘들기 때문에 그런 시의 전형인 유차의 〈고드름(冰柱)〉이나 읊조림으로써 유차의 인품과 태도를 동경했다는 뜻인 것으로 보인다. 또 소식의 이 시에 '소금이 쌓이다(堆鹽)'·'옥 누각(玉樓)'·'은빛 바다(銀海)' 등 눈을 연상시키는 시어가 적지 않게 쓰여 있는 것으로 미루어 보건대 북대 주변의 아름다운 설경을 기교에 얽매이지 않고 자연스럽게 노래하고 싶은 심경도 강했던 것으로 보인다. ≪운어양추韻語陽秋≫에 수록된 유차의 〈고드름(冰柱)〉은 "사시사철 내리는 빗물이 되지 않고, 길가의 진흙 묻은 난간이나 되어 주도다. 아홉 줄기 강물의 물결이 되지 않고, 하늘의 한 쪽 끝을 적셔 줄 뿐이로다(不爲四時雨, 徒爲道路成泥祖. 不爲九江浪, 徒能汩沒天之涯)"로 되어 있는바, 직접적으로 고드름과 관련된 시어는 쓰지 않았음을 확인할 수 있다.

상산에서 제사를 지내고 돌아오는 길에 조촐하게 사냥하며

祭常山[1]回小獵

덮개 푸른 수레 앞에 검은 깃발이 점을 찍고
띠가 누런 언덕 밑에 긴 포위망이 나타나더니
바람 앞에서 까불던 말은 하늘로 치솟아 우뚝 서고
토끼를 쫓는 푸른 매는 땅을 스치며 날아가네.
돌아보니 푸른 봉우리에 흰 구름이 피어나고
돌아오니 사냥복에 붉은 잎이 가득하네.
거룩하신 천자께서 서량주부를 쓰신다면
깃부채로 지휘하는 것 본볼 수 있을 텐데.

青蓋前頭點皂旗,(2)　　　청개전두점조기

黃茅岡下出長圍.(3)　　　황모강하출장위

弄風驕馬跑空立,　　　롱풍교마포공립

趁兔蒼鷹掠地飛.　　　진토창응략지비

回望白雲生翠巘,　　　회망백운생취헌

歸來紅葉滿征衣.　　　귀래홍엽만정의

聖明若用西涼簿,(4)(5)　성명약용서량부

白羽猶能效一揮.　　　백우유능효일휘

희령 8년(1075) 10월에 기우제를 지낸 결과 과연 비가 내려
준 것에 감사하는 제사를 지내고 돌아오는 도중에 상산 기슭을
포위하고 사냥한 것을 계기로 조국을 위해 몸 바치고 싶은 그의
우국충정을 노래한 것이다.

[주석]

(1) 常山(상산): 밀주密州(지금의 산동성 제성諸城) 남
    쪽에 있는 산. 이 산에서 기우제를 지내면 효험이 좋
    았다고 한다.

(2) 靑蓋(청개): 덮개가 푸른 수레를 가리킨다. 이 구절
    은 태수의 행차를 묘사한 것이다.

(3) 黃茅岡(황모강): 누런 띠풀에 뒤덮인 상산 기슭을
    가리킨다.

(4) 聖明(성명): 성스럽고 지혜로운 황제를 가리킨다.

(5) 西涼簿(서량부): 소식 자신을 가리킨다. 진晉나라
    때 제왕齊王 사마경司馬冏이 고영顧榮을 불러 대사마
    주부大司馬主簿로 삼았는데 주기周玘가 고영과 함께
    군사를 일으켜 진민陳敏을 치려고 모의했다. 고영이
    다리를 허물어 버린 뒤 배를 강의 남쪽 언덕 밑에 숨
    겨 놓고 기다렸더니 진민이 만여 명의 군사를 이끌고
    나타났다. 강을 건널 수 없게 된 것을 알고 우왕좌왕
    할 때 고영이 깃부채로 지휘하여 진민의 무리를 궤멸
    시켰다.(≪진서·고영전≫ 참조) ≪오대시안烏臺詩案≫

에는 또 "희령 8년(1075) 5월 소식이 밀주지주로 있을 때 밀주에 있는 상산의 샘이 솟아나는 곳에서 기우제를 지내니 감응이 있었으므로 마침내 그 샘을 우천이라고 불렀다. 희령 9년(1076) 4월에는 상산 꼭대기에 비석을 세웠으며, 작년에는 상산에서 제사를 지내고 돌아올 때 동료들과 함께 활을 쏘아 보고 매를 풀어놓은 뒤 시를 한 수 지어서 밀주 관청에 걸었다. 비난하는 말이 없을 뿐만 아니라 '거룩하신 천자께서 서량주부를 쓰신다면, 깃부채로 지휘하는 것 본볼 수 있을 텐데'라고 하기도 했으니 이는 서량의 주부 사애의 고사가 뜻하는 바를 취한 것이다. 사애는 본래 서생으로서 용병을 잘했기 때문에 소식이 자신을 그에 비유하여 만약 자기를 장군으로 써 준다면 사애보다 못하지 않을 것이라고 한 것이다(熙寧八年五月, 軾知密州, 於本州常山泉水處, 祈雨有應, 遂名爲雩泉. 九年四月, 立石常山之上, 去年祭常山回, 與同官習射放鷹, 作詩一首, 題在本州小廳上. 除無譏諷外, 云: '聖朝若用西涼簿, 白羽猶能效一揮.' 意取西涼州主簿謝艾事. 艾本書生也, 善能用兵, 故以此自比, 若用軾爲將, 亦不減謝艾也)"라고 했다. 이 연은 이 두 가지 전고典故를 혼용한 것이다.

호수 위의 다리
湖橋

붉은색 난간과 단청 칠한 기둥이
훤하게 수면을 비추는 호숫가를
하얀색 갈옷 입고 검은 깁 모자 쓰고
신발을 질질 끌며 걸어가시겠군요.
다리 밑에 노니는 거북이와 물고기가
저녁나절에 수없이 몰려드는 건
다리를 지나가는 그대의 느릿한
지팡이 소리를 알아듣는 것이지요.

朱欄畫柱照湖明,　　　　주란화주조호명

白葛烏紗曳履行.⁽¹⁾⁽²⁾　　백갈오사예리행

橋下龜魚晚無數,　　　　교하귀어만무수

識君拄杖過橋聲.　　　　식군주장과교성

[해제]

문동文同은 양주洋州(지금의 섬서성 양현洋縣)의 지주知州로 재임 중이던 희령 8년(1075)에 그곳의 원림을 손질해 놓고 그 것을 즐기면서 〈태수 관사의 정원과 연못을 읊은 여러 가지 시 30수(守居園池雜題三十首)〉를 지었다. 소식은 밀주지주密州知 州로 재임 중이던 희령 9년(1076) 3월에 문동의 이 시에 화답 한 시 〈양천의 정원과 연못을 읊은 문여가(문동)의 시 30수에 화답하여(和文與可洋川園池三十首)〉를 지었는데 소식의 화시和 詩는 소제목 30개가 모두 문동의 원시와 일치한다. 그러나 이 시들은 내용상의 화답일 뿐 압운상 화운을 한 것이 아님은 물론 시 형식도 문동의 원시는 모두 오언절구인데 반해 소식의 화시 는 모두 칠언절구이다. 〈호수 위의 다리(湖橋)〉는 이 30수 가 운데 첫 번째 것으로 호숫가를 거닐며 유유자적하는 문동의 모 습을 상상하여 그린 것이다.

[주석]

(1) 白葛(백갈): 하얀 갈포. 하얀 모시.

(2) 烏紗(오사): 검은색 깁. 오사모烏紗帽를 만드는 데 쓰는 천. 여기서는 오사모를 가리킨다.

망운루

望雲樓(1)

흐릴 때 다르고 갤 때 다르고 아침저녁 달라져
하루에도 몇 번씩 모습이 바뀔 텐데
몸을 이미 허공에다 맡겼겠지요.
구름은 본래 무심히 나가고 돌아와도 좋아하나니
그 구름은 또 구름을 보는 사람과 같겠군요.

陰晴朝暮幾回新,(2)   음청조모기회신

已向虛空付此身.(3)(4)   이향허공부차신

出本無心歸亦好,(5)   출본무심귀역호

白雲還似望雲人.(6)   백운환사망운인

[해제]

이것은 〈양천의 정원과 연못을 읊은 문여가(문동)의 시 30수에 화답하여(和文與可洋川園池三十首)〉 가운데 여덟 번째 것으로, 수시로 새로운 모습을 보일 망운루 및 그 주변의 풍광과 구름처럼 초연한 생활을 하고 있을 문동의 자태를 상상하여 그린 것이다.

[주석]

(1) 望雲樓(망운루): ≪명승지名勝志≫에 "양주의 관아 정원에 망운루가 있는데 아주 높고 험준하다. 당나라 덕종이 행차하여 들보 위에 글씨를 써 놓았다가 귀경할 때 도려내어서 가지고 돌아갔다(洋州郡圃內, 有望雲樓, 極高峻. 唐德宗遊行, 題字於梁上, 及還京, 鑿取以歸)"라고 했다.

(2) 幾回新(기회신): 망운루가 변화무상하게 모습을 바꿀 것이라는 뜻이다.

(3) 虛空(허공): ≪화엄경華嚴經≫에 "이 세상에 사는 것은 허공에 서 있는 것과 같고 연꽃이 몸에 물을 묻히지 않는 것과 같다(處世界, 如虛空, 如蓮花不著水)"라고 했다.

(4) 此身(차신): 표면적으로는 구름 속에 높이 서 있는 망운루를 가리키면서 이면적으로는 세속적인 일에 초연한 문동을 가리킨다.

(5) 出本無心(출본무심): 도연명陶淵明의 〈귀거래사歸

253

去來辭〉에 "구름은 무심하게 바위틈에서 나온다(雲無心而出岫)"라고 하고, 구양수歐陽修의 〈취옹정기醉翁亭記〉에 "구름이 돌아오면 바위틈이 어둑어둑해진다(雲歸而巖穴暝)"라고 한 바와 같이, 옛날 중국 사람들은 구름이 아침이면 바위틈에서 나갔다가 저녁이면 바위틈으로 돌아온다고 생각했다.

(6) 望雲人(망운인): 문동을 가리킨다. 이 구절은 문동의 태도가 구름처럼 초연할 것이라는 뜻으로 문동이 구름과 같다고 할 것을 뒤집어서 구름이 문동과 같다고 표현한 것이다.

무언정
無言亭

유마힐님께 정중하게 머리를 조아리고
법문이 어떤 건지 감히 여쭈어보았더니
손가락 한 번 다 튕기기도 전에 게 천 편을 다 읊고
여전히 말씀하시네 본래 말할 수 없는 거라고.

殷勤稽首維摩詰, [1][2]　　은근계수유마힐

敢問如何是法門. [3]　　감문여하시법문

彈指未終千偈了, [4][5]　　탄지미종천게료

向人還道本無言. [6]　　향인환도본무언

[해제]

이것은 〈양천의 정원과 연못을 읊은 문여가(문동)의 시 30수에 화답하여(和文與可洋川園池三十首)〉 가운데 열다섯 번째 것으로, 무언정이라는 정자 이름에 착안하여 불교적 진리에 대하여 상상력을 발휘해 본 것이다.

[주석]

(1) 稽首(계수): 머리를 조아려 공경심을 표시하다.

(2) 維摩詰(유마힐): 석가모니의 재가在家 제자.

(3) 法門(법문): 진리에 이르는 문. 부처의 가르침.

(4) 彈指(탄지): 손가락을 한 번 튕기는 아주 짧은 시간.

(5) 偈(게): 부처의 공덕이나 교리를 찬미하는 글. 보통 네 구절로 구성된 운문이다. ≪진서晉書·구마라습전鳩摩羅什傳≫에 "구마라습은 스승에게서 불경을 전수받을 때 날마다 천 편의 게를 암송했다. 각 게에 32자가 있었으니 모두 3만 2천 자였다(羅什從師受經, 日誦千偈, 偈有三十二字, 凡三萬二千言)"라고 했다.

(6) 無言(무언): ≪유마경維摩經·불이법문에 들기(入不二法門)≫에 문수보살 등 32명의 보살과 유마거사가 생멸불이生滅不二·수불수불이受不受不二·선악불이善惡不二 등의 불이법문不二法門에 대하여 문답을 했는데 최후에 유마거사는 무언의 답으로 문답을 끝맺었다.(≪한국불교대사전5≫, 서울: 명문당, 1993, 665쪽 참조)

운당곡
篔簹谷[1]

한수에는 키 큰 대가 쑥대마냥 지천인데
도끼가 어찌 죽순을 용서한 적 있으리오?
청렴하고 가난한 욕심쟁이 태수시니
위수 가의 천 묘가 배 안에 들어가 있겠군요.

漢川修竹賤如蓬,[2]　　　　한천수죽천여봉

斤斧何曾赦籜龍.[3]　　　　근부하증사탁룡

料得淸貧饞太守,[4][5]　　　료득청빈참태수

渭濱千畝在胸中.[6][7]　　　위빈천묘재흉중

257

[해제]

이것은 〈양천의 정원과 연못을 읊은 문여가(문동)의 시 30수에 화답하여(和文與可洋川園池三十首)〉 가운데 스물네 번째 것으로, 왕대가 많이 나는 운당곡에서 왕대의 죽순을 마음껏 먹으며 유유자적할 문동의 모습을 상상하여 그린 것이다.

[주석]

(1) 篔簹谷(운당곡): 양주洋州에 있는 계곡으로 왕대가 많이 나기 때문에 붙은 이름이다. 《명승지名勝志》에 "운당곡은 양주성에서 서북쪽으로 5리 떨어진 곳에 있다(篔簹谷, 在洋州城西北五里)"라고 했다. 왕대에 관해서는 《이물지異物志》에 "왕대는 물가에 나는데 길이가 여러 자 되고 둘레가 한 자 대여섯 치 되며 마디와 마디 사이의 거리가 예닐곱 치이다. 여릉(지금의 강서성 길안吉安)의 경계 지역에 나며 시흥(지금의 광동성 시흥) 이남에 특히 많다(篔簹生水邊, 長數尺, 圍一尺五六寸, 一節相去六七寸. 廬陵界有之, 始興以南尤多)"라고 했다.

(2) 漢川(한천): 한수. 양주는 한수 가에 있다.

(3) 籜龍(탁룡): 용 모양으로 생긴 대껍질. 이 구절은 죽순을 남김없이 다 캐 먹었을 것이라는 뜻이다.

(4) 料得(요득): 예측하다. 짐작하다.

(5) 淸貧饞太守(청빈참태수): 청빈하면서도 탐욕스러운 태수. 물질적인 욕심이 없어 청렴하고 가난하게 살면

서도 대나무에 대해서는 탐욕스러운 태수라는 해학적
인 표현으로 문동을 가리킨다.

(6) 渭濱(위빈): 양주에서 멀지 않은 위수의 가.

(7) 千畝在胸中(천묘재흉중): 넓은 대밭에서 나는 많은
죽순을 다 먹고 싶어서 마음속으로 궁리를 하고 있겠
다는 뜻이다. 소식의 〈문여가가 그린 운당곡의 누운
대(文與可畫簣簹谷偃竹記)〉에 "문여가는 이날 그의
부인과 함께 운당곡에서 노닐고 죽순을 삶아서 저녁
을 먹다가 내 편지를 개봉하여 이 시를 보고는 자신도
모르게 웃음이 터져 나와 밥상에 가득하게 밥알이 튀
어나왔다(與可是日, 與其妻游谷中, 燒筍晚食, 發函得
詩, 失笑, 噴飯滿案)"라고 했다.

묽디묽은 술

薄薄酒[(1)] 二首

교서의 조명숙 선생은 집안이 가난하지만 술 마시
기를 좋아하여 무슨 술이든 가리지 않고 취하도록
마셨다. 그는 늘 "묽디묽은 술일지라도 차보다는 낫
고, 못생기디못생긴 아내일지라도 독수공방하는 것
보다는 낫다"라고 말하거니와 그의 말이 비록 속되
기는 할지라도 통달한 경지에 가깝기 때문에 이것
을 바탕으로 더욱 확장하여 동쪽 고을의 악부를 보
충하려고 했는데 짓고 나서 보니 또 제대로 되지
않은 것 같은 생각이 들어 다시 한 수를 지어 자신
에게 화답함으로써 보는 사람이 그럭저럭 한 번 웃
음을 터뜨리게 하고자 한다.

膠西[(2)]先生[(3)]趙明叔[(4)]，家貧，好飲，不擇酒而醉．常
云："薄薄酒，勝茶湯；醜醜婦，勝空房．"其言雖俚，
而近乎達，故推而廣之，以補東州[(5)]之樂府[(6)]，旣又以
爲未也，復自和一篇，聊以發覽者之一噱[(7)]云爾[(8)]．

제1수

맑디맑은 술이라도

차보다 낫고

거칠디거친 베옷도

안 입은 것보다 낫고

못생긴 아내와 고약한 첩도 없는 것보다 낫다네.

오경에 날 새기를 기다리면 신발에 서리가 가득

차니

찌는 듯한 삼복더위에 시원한 북창 밑에서

해가 중천에 뜨도록 실컷 자는 것만 못하다네.

진주 장식 저고리 입고 옥 장식 함에 넣어져

만인에게 전송받으며 북망산으로 돌아가느니

차라리 메추리인 양 백 번 기운 옷을 입고

아침 햇살 등에 받으며 혼자 앉아 있는 게 낫겠네.

살아 있을 때 온갖 부귀 다 누려 보고

죽은 뒤에 멋진 글이 남기를 바라지만
백 년도 순식간이요 만세도 후딱 지나간다네.
백이숙제나 도척이나 모두 양을 잃었으니
차라리 눈앞에 있는 술이나 마시고 잔뜩 취해
옳고 그름도 우수와 쾌락도 다 잊는 게 낫겠네.

其一

薄薄酒,   박박주

勝茶湯,   승다탕

麤麤布,   추추포

勝無裳.   승무상

醜妻惡妾勝空房.   추처악첩승공방

五更待漏靴滿霜,[9][10]   오경대루화만상

不如三伏   불여삼복

日高睡足北窗涼.[11]   일고수족북창량

珠襦玉柙   주유옥합

萬人祖送歸北邙,[12][13][14]   만인조송귀북망

不如懸鶉   불여현순

百結獨坐負朝陽.[15][16]   백결독좌부조양

生前富貴, 생전부귀

死後文章,[17] 사후문장

百年瞬息萬世忙. 백년순식만세망

夷齊盜跖俱亡羊,[18][19][20] 이제도척구망양

不如眼前一醉 불여안전일취

是非憂樂兩都忘. 시비우락량도망

제2수

맑디맑은 술이라도

두어 사발 마시고

거칠디거친 베옷도

두어 겹 껴입으면

좋고 나쁜 건 달라도 취하고 따스하긴 한가지네.

못생긴 아내와 고약한 첩이 자기 서방을 장수케

하려고

내가 은거로 뜻을 추구하면 의로운 나를 따라오지

동화문의 먼지든 북쪽 창의 바람이든

본래부터 따지고 비교하지 않았다네.

인생 백년 길다 해도 끝나고야 마는 법

부유한 죽음이 궁핍한 삶보다 못할 거야 없겠지만

진주 저고리와 옥 함이 그대 얼굴을 보존하여

천 년토록 안 썩다가 번숭을 만날까 두렵네.

문장이란 장님과 귀머거리를 속이면 충분한 것
누가 하루아침에 부귀해져서 거드름 피우던 사람에게
화가 나서 얼굴이 벌게지게 하겠나?
달인은 스스로 통달하나니 술이 무슨 역할을 하겠나?
이 세상의 시비와 고락은 본래 공허한 것이라네.

其二

薄薄酒,	박박주
飲兩鍾,	음량종
麤麤布,	추추포
著兩重.	착량중
美惡雖異醉暖同.	미악수이취난동
醜妻惡妾壽乃公,⁽²¹⁾	추처악첩수내공
隱居求志義之從,⁽²²⁾⁽²³⁾	은거구지의지종
本不計較	본불계교
東華塵土北窗風.⁽²⁴⁾⁽²⁵⁾⁽²⁶⁾	동화진토북창풍
百年雖長要有終,⁽²⁷⁾	백년수장요유종
富死未必輸生窮.⁽²⁸⁾	부사미필수생궁
但恐珠玉留君容,⁽²⁹⁾⁽³⁰⁾	단공주옥류군용

千載不朽遭樊崇.⁽³¹⁾　　천재불후조번승

文章自足欺盲聾,⁽³²⁾⁽³³⁾　　문장자족기맹롱

誰使一朝富貴面發紅.⁽³⁴⁾　　수사일조부귀면발홍

達人自達酒何功,　　달인자달주하공

世間是非憂樂本來空.　　세간시비우락본래공

[해제]

희령 9년(1076) 6월에 밀주주학 교수인 조고경이 "맑디맑은 맛없는 술일지라도 차보다는 낫고, 못생기디못생긴 아내일지라도 독수공방하는 것보다는 낫다(薄薄酒, 勝茶湯; 醜醜婦, 勝空房)"라고 하는 말을 듣고 이 말에 공감한 나머지 그 외연을 더욱 확장하여 주어진 현실에 만족할 줄 아는 것, 즉 지족의 중요성을 설파한 시이다.

[주석]

(1) 薄酒(박주): 맑어서 맛이 없는 술.

(2) 膠西(교서): 밀주密州(지금의 산동성 제성諸城)의 속현屬縣. 밀주를 가리킨다.

(3) 先生(선생): 나이가 많고 학식이 있는 사람.

(4) 明叔(명숙): 밀주주학密州州學 교수教授 조고경趙杲卿의 자字. 사신행查愼行의 《소시보주蘇詩補註》에 "조명숙은 이름이 고경이며 밀주의 향공진사로 훌륭한 품행과 도의가 있었다(趙明叔, 名杲卿, 密州鄕貢進士, 有行義)"라고 했다.

(5) 東州(동주): 동쪽에 있는 고을. 밀주를 가리킨다.

(6) 樂府(악부): 원래 한나라 무제가 설립한 음악관장 기구 이름인데 여기서 채집한 민가도 악부라고 했다.

(7) 一噱(일갹): 키드득하며 한 번 웃음. 자신의 시가 같잖다고 겸손하게 말한 것이다.

(8) 云爾(운이): 종결의 어기를 나타내는 조사.

(9) 五更(오경): 새벽 세 시에서 다섯 시 사이.

(10) 待漏(대루): 이른 새벽에 백관이 입조하여 천자 뵙기를 기다리다. 그런 건물을 대루원待漏院이라고 했다. 이 구절은 고관대작의 생활이 힘들다는 뜻이다.

(11) 北窗(북창): ≪진서晉書·도잠전陶潛傳≫에 "여름에 일이 없어 북쪽 창밑에서 베개를 높이 베고 누워 있는데 산들바람이 살랑살랑 불어오자 자신을 일컬어 희황상인(욕심 없이 초연하게 산 복희씨 이전의 태곳적 사람이라는 뜻)이라고 했다(夏月虛閑, 高臥北窗之下, 淸風颯至, 自謂羲皇上人)"라는 말이 있다.

(12) 珠襦玉柙(주유옥합): 옛날 황제나 황후·황족·귀족 등이 죽었을 때 염습에 사용하던 화려한 옷과 함函.

(13) 祖送(조송): 전송하다. 장사 지내다.

(14) 北邙(북망): 북망산. 하남성 낙양洛陽의 북쪽 교외에 있는 산으로 후한後漢 및 위魏나라 때 고관대작을 지낸 사람들의 무덤이 많아 무덤의 대명사로 쓰인다. ≪태평어람太平御覽≫에 인용된 ≪속한서續漢書·오행지五行志≫에 "영제 때 '제후가 제후 같지 않고, 임금이 임금 같지 않아, 천승지국의 제후도 만승지국의 천자도 북망산으로 올라가네'라는 동요가 있었다(靈帝時, 童謠曰: '侯非侯, 王非王, 千乘萬騎上北邙.')"라고 했다.

(15) 懸鶉(현순): 메추라기. 깃털이 얼룩덜룩하여 떨어진 옷을 걸친 것처럼 보인다.

(16) 百結(백결): 옷을 백 번 깁다.

(17) 死後文章(사후문장): 죽은 뒤에 훌륭한 문장이 남 아 이름을 떨치는 것을 가리킨다.

(18) 夷齊(이제): 백이伯夷와 숙제叔齊. 은나라 말 고죽 군孤竹君의 두 아들로 주나라 무왕武王이 은나라 주 왕紂王을 정벌하려고 할 때 극구 만류했으나 무왕이 끝내 듣지 않자 주나라의 곡식을 먹지 않겠다며 수양 산首陽山으로 들어가 고사리를 캐 먹으며 연명하다가 마침내 굶어 죽었다.(≪사기史記 · 백이전伯夷傳≫ 참 조) 인의를 중시한 사람을 가리킨다.

(19) 盜跖(도척): 유명한 도둑의 이름. ≪장자莊子 · 변 무騈拇≫에 "장과 곡이 함께 양을 먹이다가 둘 다 자 기 양을 잃어버렸다. 장에게 어찌 된 일이냐고 물었더 니 책을 끼고 독서를 하다가 양을 잃어버렸다고 했고 곡에게 어찌 된 일이냐고 물었더니 쌍륙놀이를 하며 놀다가 양을 잃어버렸다고 했다. 두 사람이 한 일은 같지 않지만 양을 잃어버린 것은 마찬가지이다. 백이 는 수양산 밑에서 명예를 위해 죽었고, 도척은 동릉산 위에서 이익을 위해 죽었다. 두 사람이 죽은 동기는 같지 않지만 삶을 해치고 본성을 손상시킨 것은 마찬 가지이다. 어째서 꼭 백이는 옳고 도척은 그르겠는 가?(臧與穀二人, 相與牧羊, 而俱亡其羊. 問臧奚事, 則 挾筴讀書; 問穀奚事, 則博塞以遊. 二人者, 事業不同, 其於亡羊均也. 伯夷死名於首陽之下, 盜跖死利於東陵 之上. 二人者, 所死不同, 其於殘生傷性均也. 奚必伯夷 之是而盜跖之非乎?)"라고 했다.

(20) 亡羊(망양): 양을 잃다. 삶을 해치고 본성을 손상시 키는 것을 양을 잃는 일에 비유한 것이다.

(21) 乃公(내공): 그대의 공. 자기 공. 상대방의 입장에 서 자신을 높여 부르는 오만한 표현으로 해학적인 맛 을 더한 말투이다.

(22) 隱居求志(은거구지): 은거함으로써 이상의 실현을 추구한다는 뜻이다. ≪논어論語·계씨季氏≫에 "숨어 서 삶으로써 자신이 뜻하는 바를 추구하고 정의를 행 함으로써 자신의 도를 달성한다는데, 나는 그런 말은 들었지만 그런 사람을 보지는 못했다(隱居以求其志, 行義以達其道, 吾聞其語矣, 未見其人也)"라는 공자孔 子의 말이 있다.

(23) 義之從(의지종): 의로운 일을 따르다. '지之'는 목적 어를 동사 앞에 두었음을 표시하는 조사이다. 왕십붕 王十朋의 ≪백가주분류동파선생시百家註分類東坡先生 詩≫에 "못생긴 아내도 함께 은거하러 갈 만함을 말한 것이니 양홍과 맹광이 그 예이다(言醜婦可與同歸, 如 梁鴻·孟光, 是也)"라고 했다.

(24) 計較(계교): 비교하여 우열을 가리다.

(25) 東華(동화): 북송 궁성의 동문. ≪송사宋史·지리 지地理志≫에 "궁성은 둘레가 5리로 남쪽에 세 개의 문이 있으니 가운데에 있는 것을 건원문, 동쪽에 있는 것을 좌액문, 서쪽에 있는 것을 우액문이라고 하며, 동쪽과 서쪽에 있는 문을 동화문·서화문이라고 한다 (宮城周迴五里, 南三門, 中曰乾元, 東曰左掖, 西曰右

272

掖, 東西面門曰東華 · 西華)"라고 했다. 이 구절은 고
관대작이 되는 것과 전원에서 은거하는 것을 차별하
지 않는다는 뜻이다.

(26) 北窗風(북창풍): 주 (11) 참조.

(27) 要(요): 반드시 ~하다.

(28) 輸(수): 지다. ~보다 못하다.

(29) 珠玉(주옥): '주유옥합珠襦玉柙'의 준말로 호화로운
장례를 가리킨다. 주 (12) 참조.

(30) 留君容(유군용): 그대의 얼굴을 보존하다. 죽은 사
람의 얼굴을 생전의 모습 그대로 유지하게 한다는 뜻
이다.

(31) 樊崇(번숭): 무덤 도굴자를 가리킨다. 번숭은 왕망
王莽이 한나라의 황위를 찬탈하여 스스로 칭제하자
유분자劉盆子를 천자로 옹립하고 반란을 일으켜 장안
長安을 불태우고 궁실을 폐허로 만들었을 뿐만 아니
라 패릉霸陵과 두릉杜陵을 제외한 모든 왕릉을 다 파
헤쳤다.(≪한서 · 왕망전≫ 및 ≪후한서 · 유분자전≫ 참조)

(32) 自足(자족): 스스로 만족하다. 이 구절은 제1수의
"죽은 뒤에 멋진 글이 남기를 바라지만(死後文章)"에
호응하는 말로 글을 특별히 잘 지으려고 애쓸 필요가
없다는 뜻이다.

(33) 盲聾(맹롱): 무지한 사람을 가리킨다. ≪장자莊子 ·
소요유逍遙遊≫에 "장님은 무늬의 아름다움을 볼 길이
없고, 귀머거리는 종소리나 북소리를 들을 길이 없거
니와, 어찌 형체가 있는 것에만 장님과 귀머거리가 있

겠소? 지혜에도 그것이 있소(聾者無以與乎文章之觀, 聾者無以與乎鐘鼓之聲. 豈唯形骸有聾盲哉? 夫知亦有 之)"라고 했다.

(34) 面發紅(면발홍): 노기로 인하여 얼굴이 벌겋게 달 아오르는 것을 가리킨다. ≪고시기古詩紀·진제23잡 곡가사晉第二十三雜曲歌辭≫에 수록된 〈악사樂辭〉에 "오늘은 소와 양이 무덤에 오르누나, 옛날에는 앞에만 가도 얼굴이 벌게졌는데(今日牛羊上丘隴, 當年近前面 發紅)"라는 구절이 있다. 이 구절은 제1수의 "살아 있 을 때 온갖 부귀 다 누려 보고(生前富貴)"에 호응하는 말로 갑자기 부귀해져서 거드름을 피우던 사람도 죽 고 나면 아무런 힘도 못 쓴다는 뜻이다.

동쪽 난간의 배꽃
東欄梨花

배꽃이 하얘지면 버들잎이 시퍼렇고
버들개지 날릴 때면 꽃이 성을 메웠지요.
동쪽 난간의 두 그루가 눈에 덮였으련만
인생에 몇 번이나 청명을 볼 수 있을까요?

梨花淡白柳深靑,　　　　리화담백류심청

柳絮飛時花滿城.　　　　류서비시화만성

惆悵東欄二株雪,[1][2]　추창동란이주설

人生看得幾淸明.[3][4]　인생간득기청명

[해제]

소식은 밀주지주密州知州로 재임할 때 저가원邸家園이라는 정원에 시를 써 놓은 적이 있는데 소식의 후임인 공종한孔宗翰이 그것을 보고 그 감회를 읊어서 소식에게 보냈다. 서주지주徐州知州로 재임 중이던 희령 10년(1077) 4월에 소식은 공종한의 시를 보고 그것에 화답하는 시를 다섯 수 지었다. 이것은 그 가운데 세 번째 것으로, 동쪽 난간의 배꽃을 노래한 공종한의 시에 대한 화시和詩이다.

[주석]

(1) 惆悵(추창): 실의에 빠지다. '동란東欄~청명淸明'이 실의에 빠진 원인이다.

(2) 二株雪(이주설): 두 그루의 배나무에 배꽃이 하얗게 핀 것을 가리킨다.

(3) 看得(간득): 볼 수 있다. '득得'은 동사 뒤에 붙어서 가능성을 나타내는 조사이다.

(4) 淸明(청명): 이십사절기의 하나. 배꽃이 피는 시기를 가리킨다.

사마군실의 독락원

司馬君實⁽¹⁾ 獨樂園⁽²⁾

지붕 위엔 푸른 산이 우뚝이 솟아 있고
지붕 밑엔 강물이 유유히 흐르는데
그 사이에 조그만 정원이 있어
꽃과 대가 곱고도 야성적이겠군요.
꽃향기가 지팡이와 신발에 배고
대나무의 푸른빛이 술잔으로 스며들 때
한 동이 술로 남은 봄을 마저 즐기고
바둑으로 긴 여름을 보내고 계시겠군요.
낙양에는 예로부터 선비들이 많은지라
풍속이 아직까지 고아할 텐데
선생께서 드러누워 나가지 않으시니
고관들이 낙사로 몰려들게 생겼군요.
여러 사람과 함께하는 게 즐겁다지만
개중에는 혼자서 즐기는 이도 있는 법
재주가 온전하여 덕을 겉으로 보이지 않고

277

아는 사람이 적은 것을 귀하게들 여기는데
선생만은 무슨 일로
온 천하가 구원해 주길 바라는 것일까요?
아동들조차도 군실을 칭송하고
심부름꾼마저도 사마씨를 다 알거늘
이런 명망을 가지고 어디로 가시겠어요?
조물주가 우리를 버리지 않을 텐데요.
명성이 우리를 떠날 줄 모르는데
이 잘못을 저지르면 하늘이 처벌할 터
손바닥을 두드리며 몇 년에 걸친 선생의
벙어리 행세를 생각하며 웃음 지어요.

青山在屋上,　　　청산재옥상

流水在屋下.　　　류수재옥하

中有五畝園.[3]　　중유오묘원

花竹秀而野.[4]　　화죽수이야

花香襲杖履,　　　화향습장리

竹色侵杯斝.[5]　　죽색침배가

樽酒樂餘春,　　　준주락여춘

棋局消長夏.[6]　　기국소장하

洛陽古多士,[7]　　락양고다사

風俗猶爾雅.[8]　　풍속유이아

先生臥不出,[9]　　선생와불출

冠蓋傾洛社.[10][11]　관개경락사

雖云與衆樂,[12]　　수운여중락

中有獨樂者.[13]　　　중유독락자

才全德不形,[14]　　　재전덕불형

所貴知我寡.[15]　　　소귀지아과

先生獨何事,　　　　선생독하사

四海望陶冶.[16]　　　사해망도야

兒童誦君實,[17]　　　아동송군실

走卒知司馬.　　　　주졸지사마

持此欲安歸,[18]　　　지차욕안귀

造物不我捨.[19]　　　조물불아사

名聲逐吾輩,　　　　명성축오배

此病天所赭.[20][21]　　차병천소자

撫掌笑先生,[22]　　　무장소선생

年來效瘖啞.[23]　　　년래효음아

[해제]

서주지주徐州知州로 재임 중이던 희령 10년(1077) 5월에 사마광의 〈독락원기獨樂園記〉를 읽고 지은 것으로 그의 인품과 덕망을 극구 칭송한 뒤 그가 조정으로 나아가 신법파의 발호를 억제하고 억조창생을 구제해 주기를 갈망하는 많은 백성들의 염원을 대변했다.

[주석]

(1) 君實(군실): 사마광司馬光의 자字. 사신행査愼行의 ≪소시보주蘇詩補註≫에 인용된 ≪시주소시施注蘇詩≫의 원주原註에 "사마문정공은 자가 군실이며 그 선조는 하내 사람인데 나중에 섬주 하현 속수향에 살았다.……힘써 귀은할 것을 청원하여 어사대유사와 숭복궁제거로 15년 동안 한가로이 지내며 스스로 우수라고 불렀다. ≪자치통감≫이 완성된 뒤에 자정전학사라는 품계가 추가되었다(司馬文正公, 字君實, 其先河內人, 後家陜州夏縣涑水鄕.……力乞歸以爲留司御史臺, 提擧崇福宮, 閒居十五年, 自號迂叟. 及≪資治通鑑≫成, 加資政殿學士)"라고 했다.

(2) 獨樂園(독락원): 사마광이 낙양에 만든 정원. 사신행의 ≪소시보주≫에 "스스로 〈독락원기〉를 지어 '희령 4년(1071)에 우수는 처음으로 낙양에 집을 정하고 희령 6년(1073)에 존현방 북쪽에 땅 20묘를 사서 정원을 만들었으니 안에 독서당이라는 전당이 하나

있고 독서당 북쪽은 못인데 못 위에 조어암이라는 오
두막집이 있으며 못 북쪽에는 종죽재가 있고 못 동쪽
에는 채약포가 있으며 채약포 남쪽은 육란이고 육란
북쪽에는 요화정이 있다. 또 정원 안에 축대를 쌓고
견산대라는 집을 지어 이것들을 통틀어 독락원이라고
불렀다'라는 요지의 말을 했다(自撰〈獨樂園記〉略云:
'熙寧四年, 迁叟始家洛, 六年買地二十畝於尊賢坊北, 關
以爲園, 中有堂曰讀書堂, 堂北爲沼, 沼上有廬曰釣魚
庵, 沼北曰種竹齋, 沼東曰采藥圃, 圃南爲六欄, 欄北曰
澆花亭. 又於園中築臺作屋曰見山臺, 合而命之曰獨樂
園.')"라고 했다.

(3) 五畝園(오묘원): 백거이白居易의 시 〈지상편池上
篇〉에 "집은 십 묘, 정원은 오 묘, 연못에 가득한 물,
천 그루의 대나무(十畝之宅, 五畝之園. 有水一池, 有
竹千竿)"라는 구절이 있다.

(4) 秀而野(수이야): 수려하고 야성미 넘치다.

(5) 杯斝(배가): 술잔.

(6) 棋局(기국): 바둑판. 장기판.

(7) 洛陽(낙양): 지금의 하남성 낙양.

(8) 爾雅(이아): 아정雅正하다. 고아高雅하다.

(9) 先生(선생): 사마광을 가리킨다. 이 구절은 사마광
이 조정에 나가 정치에 참여하지 않고 낙양에 은거하
는 것을 가리킨다.

(10) 冠蓋(관개): 고관의 갓과 수레용 일산日傘이라는
뜻으로 사마광과 뜻을 같이하는 구법파 인사들을 가

리킨다.

(11) 洛社(낙사): 구양수歐陽修 · 매요신梅堯臣 등이 낙
양에 있을 때 조직한 시사詩社. 구양수의 시 〈용도각
학사 손연중에게 화답하여(酬孫延仲龍圖)〉에 "낙사는
그 옛날에 더할 데 없이 번성하여, 낙양의 늙은이들
지금까지 자랑하네(洛社當年盛莫加, 洛陽耆老至今誇)"
라고 했다. 여기서는 사마광이 거주하고 있는 낙양의
결사結社라는 뜻이다.

(12) 與衆樂(여중락): ≪맹자孟子 · 양혜왕하梁惠王下≫
에 "'혼자서 음악을 즐기는 것과 다른 사람과 함께 음
악을 즐기는 것 가운데 어느 쪽이 더 즐겁겠습니까?'
'다른 사람과 함께 즐기는 편이 더 낫겠지요.' '적은 사
람과 함께 음악을 즐기는 것과 많은 사람과 함께 음악
을 즐기는 것 가운데 어느 쪽이 더 즐겁겠습니까?' '많
은 사람과 함께 즐기는 편이 더 낫겠지요'(曰: '獨樂樂,
與人樂樂, 孰樂?' 曰: '不若與人.' 曰: '與少樂樂, 與衆
樂樂, 孰樂?' 曰: '不若與衆.')"라는 맹자와 제나라 왕의
대화가 있다.

(13) 獨樂者(독락자): 사마광을 가리킨다.

(14) 才全德不形(재전덕불형): ≪장자莊子 · 덕충부德充
符≫에 "이제 애태타는 말을 하기도 전에 믿음을 주고
공로도 없이 남과 친근해져서 다른 사람으로 하여금
자기 나라를 주게 만들면서도 그가 받지 않을까 봐 걱
정하게 하니, 이는 틀림없이 재주가 온전하여 자신의
덕이 겉으로 드러나지 않는 사람일 것입니다(今哀駘

它, 未言而信, 無功而親, 使人授己國, 唯恐其不受也.
是必才全而德不形者也)"라고 했다.

(15) 知我寡(지아과): 나를 아는 사람이 적다. ≪노자老
子·지난知難≫에 "나를 아는 사람이 드물면 내가 귀
해진다(知我者希, 則我者貴)"라는 말이 있다.

(16) 陶冶(도야): 천지의 만물을 생육하다. 천하의 백성
을 구제하다. 왕벽지王闢之의 ≪승수연담록澠水燕談
錄·명신名臣≫에 "사마문정공은 탁월한 재주와 더할
나위 없는 덕으로 국내외를 막론하고 크게 명망을 얻
었다. 그러므로 공이 물러난 지 10여 년이 되자 천하
의 사람들이 날마다 그가 다시 등용되기를 희망했다.
희령(1068-1077) 말에 내가 청주 북쪽의 유하역에
서 하룻밤 자고 새벽에 일어나 길을 가다가 마을 사람
백 명이 이리저리로 펄쩍펄쩍 뛰어다니며 환호하는
것을 보고 놀라서 물었더니 다들 '사마씨가 재상이 되
었대요'라고 했다. 나는 비록 촌사람들의 근거 없는
소문에서 나왔다고 할지라도 그들의 마음이 평소에
원하는 바라고 생각했다. 그러므로 소자첨이 〈사마군
실의 독락원(司馬君實獨樂園)〉이라는 시를 지어 '선생
만은 무슨 일로, 온 천하가 구원해 주길 바라는 것일
까요? 아동들조차도 군실을 칭송하고, 심부름꾼마저
도 사마씨를 다 알지요'라고 한 것은 대체로 사실을
기록한 것이다(司馬文正公, 以高才全德, 大得中外之
望. 故公之退十有餘年, 而天下之人日冀其復用. 熙寧
末, 余夜宿青州北溜河馬鋪, 晨起行見村民百人歡呼踴

284

躍自北而南. 余驚問之, 皆曰: '傳司馬爲宰相矣.' 余以
爲雖出於野人妄傳, 亦其情之所素欲也. 故子瞻爲公獨
樂園詩曰: '先生獨何事, 四海望陶冶. 兒童誦君實, 走
卒知司馬.' 蓋紀實也)"라고 했다.

(17) 兒童誦君實(아동송군실): 왕벽지의 ≪승수연담록 ·
명신≫에 "사대부들은 그를 알든 모르든 모두 그를 군
실이라고 불렀으며 아래로는 민간의 필부필부에 이르
기까지 사마씨를 거론하지 않는 사람이 없었다(士大
夫, 識與不識, 稱之曰君實, 下至閭閻畎畝匹夫匹婦, 莫
不能道司馬)"라고 했다.

(18) 安歸(안귀): 어디로 귀의하는가. ≪한서漢書 · 괴통
전蒯通傳≫에 "괴통이 한신에게 '그대가 초나라에 귀
의한다면 초나라 사람들이 믿지 않을 것이고, 한나라
에 귀의한다면 한나라 사람들이 깜짝 놀라 두려워할
것인데 그대는 이러한 위세를 가지고 어디에 귀의하
려고 하시오?'라고 했다(蒯通說韓信曰: '足下歸楚, 楚
人不信; 歸漢, 漢人震恐, 足下欲持此安歸乎?')"라는 기
록이 있다.

(19) 造物(조물): 조물주.

(20) 此病(차병): 백성들이 간절하게 원하는데도 불구하
고 모르는 척 외면하는 것, 즉 명성에 걸맞는 역할을
다하지 않는 것을 가리킨다.

(21) 赭(자): 처벌하다.

(22) 撫掌(무장): 손바닥을 두드리다. 대개 마음이 흐뭇
함을 표시한다. 이 연은 사마광이 결국 다시 조정으로

285

들어가 국가와 백성을 위해 일하지 않고는 못 배길 것이라는 믿음을 전제로 한 말이다.

(23) 效瘖啞(효음아): 사마광이 정치에서 손을 뗀 일을 가리킨다.

한가위의 보름달
中秋月

저녁 구름 활짝 개고 찬 기운이 넘치는데
은하수에 소리 없이 옥쟁반이 구르누나.
우리 삶에 이날 밤이 늘 좋지는 않을 터
명년에는 저 명월을 어디에서 볼거나?

暮雲收盡溢淸寒,[1]   모운수진일청한

銀漢無聲轉玉盤.[2]   은한무성전옥반

此生此夜不長好,[3]   차생차야부장호

明月明年何處看.   명월명년하처간

[해제]

≪동파시화東坡詩話≫에 수록된 소식의 〈팽성에서 달을 구경한 시를 쓰고(書彭城觀月詩)〉에 "'저녁 구름 활짝 개고 찬 기운이 넘치는데…….' 나는 18년 전의 중추절 밤에 자유와 함께 팽성에서 달을 구경하며 이 시를 지어 〈양관곡〉에 맞추어 노래 불렀다. 이제 또 이날 밤을 감강 가에서 보내나니 영남 지방으로 폄적되어 가는 도중에 혼자 이 곡조를 부르고 또 붓으로 써 보기도 한다('暮雲收盡溢淸寒,…….' 余十八年前中秋夜, 與子由觀月彭城, 作此詩, 以〈陽關〉歌之. 今復此夜宿於贛上, 方遷嶺表, 獨歌此曲, 聊復書之)"라고 한바, 소식이 혜주惠州로 폄적되어 가는 도중 감강을 지난 것이 소성 원년(1094) 가을이므로 이것은 이로부터 18년 전인 희령 10년(1077)의 중추절 밤에 팽성 즉 서주에서 지은 것이다. 모처럼 동생과 함께 중추절을 쇠는 기쁨과 이런 기쁨이 지속되지는 않을 것이라는 불안이 교차하는 심경을 노래했다.

[주석]

(1) 收(수): 사라지다. 우곡于鵠의 시 〈도중에 양섭에게(途中寄楊涉)〉에 "햇빛 나고 구름이 사라진 곳에, 개구리 울어 대고 비가 그친 때(日色雲收處, 蛙聲雨歇時)"라는 구절이 있다.

(2) 玉盤(옥반): 보름달을 가리킨다.

(3) 此夜(차야): 중추절 밤을 가리킨다.

맹교의 시를 읽고
讀孟郊[1]詩二首

제1수

밤중에 맹교의 시를 읽으니
잔글씨가 소털처럼 가늘디가늘어서
찬 등불에 비춰 보니 두 눈이 침침한데
때때로 한 번씩 멋진 곳을 만난다.
황무지에 우뚝 선 한 떨기의 꽃이요
애써 찾은 시어는 ≪시경≫과 〈이소〉의 풍미가 많지만
물이 하도 맑아서 돌이 훤히 보이고
물살이 너무 빨라 상앗대가 튕긴다.
처음에는 조그마한 물고기를 먹는 듯
고생한 만큼의 얻는 게 없고
또 마치 삶아 놓은 방게와 같이
온종일 집게발 껍질만 들고 있다.

스님의 해맑음하고나 다투어야지
한씨의 호방함과는 거리가 멀다.
인생이란 금방 마르는 아침 이슬 같거늘
밤낮으로 등불 밝혀 기름만 축냈도다.
무엇하러 고생스레 나의 두 귀로
이 차가운 풀벌레 소리를 듣는 것인가!
차라리 이걸 잠시 옆으로 제쳐 놓고
옥빛 감도는 막걸리나 마시는 게 낫겠다.

其一

夜讀孟郊詩,	야독맹교시
細字如牛毛.	세자여우모
寒燈照昏花,(2)	한등조혼화
佳處時一遭.(3)	가처시일조
孤芳擢荒穢,	고방탁황예
苦語餘詩騷.	고어여시소
水清石鑿鑿,(4)	수청석착착
湍激不受篙.	단격불수고
初如食小魚,	초여식소어
所得不償勞.	소득불상로
又似煮彭螁,(5)	우사자팽월
竟日持空螯.	경일지공오

291

要當鬪僧淸,⁽⁶⁾⁽⁷⁾　　요당투승청

未足當韓豪.⁽⁸⁾　　미족당한호

人生如朝露,　　인생여조로

日夜火消膏.　　일야화소고

何苦將兩耳,　　하고장량이

聽此寒蟲號.　　청차한충호

不如且置之,　　불여차치지

飮我玉色醪.　　음아옥색료

제2수

맹교의 시를 무척이나 싫어하면서
이렇게 또 맹교의 말을 하고 있나니
빈속에선 저절로 쪼르륵 소리가 나고
빈 벽에선 주린 쥐가 뱅글뱅글 돌고 있다.
그의 시는 폐부에서 새 나오는데
나왔다 하면 폐부를 근심에 찌들게 하는 것이
황하의 물고기가 기름을 내뿜으며
스스로 불에 굽히는 것과 참으로 흡사하다.
구기를 치며 부른 노래는 나도 오히려 좋아하나니
질박하기가 옛것에 퍽 가깝기 때문이다.
대나무 활로 오리 잡기 끝나고 나면
도롱이를 걸친 채 덩실덩실 춤을 추고
배를 밟다 뒤집혀도 걱정하지 않으며
땅바닥을 밟는 대신 파도를 밟는다.

눈서리같이 새하얀 오 지방의 아낙네는
맨발로 강에 앉아 하얀 모시를 씻는데
파도 타는 사람에게 시집간 덕에
이별의 고통이 무엇인지 모르렷다.
강호를 노래한 그대의 시를 읊노라니
나의 긴 객지생활이 새삼 가슴을 적신다.

其二

我憎孟郊詩,	아증맹교시
復作孟郊語.⁽⁹⁾	부작맹교어
飢腸自鳴喚,	기장자명환
空壁轉飢鼠.⁽¹⁰⁾	공벽전기서
詩從肺腑出,	시종폐부출
出輒愁肺腑.⁽¹¹⁾	출첩수폐부
有如黃河魚,	유여황하어
出膏以自煮.⁽¹²⁾	출고이자자
尙愛銅斗歌,⁽¹³⁾	상애동두가
鄙俚頗近古.⁽¹⁴⁾	비리파근고
桃弓射鴨罷,⁽¹⁵⁾⁽¹⁶⁾	도궁사압파
獨速短蓑舞.⁽¹⁷⁾⁽¹⁸⁾	독속단사무

不憂踏船翻,　　불 우 담 선 번

踏浪不踏土.　　담 랑 부 답 토

吳姬霜雪白,[19]　오 희 상 설 백

赤脚浣白紵.　　적 각 완 백 저

嫁與踏浪兒,[20]　가 여 담 랑 아

不識離別苦.　　불 식 리 별 고

歌君江湖曲,[21]　가 군 강 호 곡

感我長羈旅.[22]　감 아 장 기 려

[해제]

원풍 원년(1078)에 서주徐州에서 지은 것이다. 소식은 딱딱하고 어려운 시어를 즐겨 쓰는 맹교의 시풍을 싫어했는데 이 시는 시적 형상성을 빌려서 맹교의 시에 대한 자신의 비판적 관점을 서술한 논시시論詩詩이다. 제1수에는 맹교의 시에 대한 비판적인 시각이 드러나 있지만 제2수에는 그의 시에 대한 우호적인 시각이 드러나 있다.

[주석]

(1) 孟郊(맹교): 고음苦吟으로 유명한 만당 때의 시인. 일생을 가난 속에서 산 그의 시에는 자신의 곤궁한 생활과 더불어 민생의 질고가 두루 반영되어 있다. 그는 예사롭지 않은 특이한 시어를 즐겨 사용하여 그 나름의 독특한 시풍을 형성했는데 이 때문에 지나치게 난삽하다는 비판도 받는다. 그는 성품이 강직하여 다른 사람과 잘 어울리지 못했지만 한유韓愈와는 의기가 투합하여 절친하게 지냈으며, 가도賈島와 시명詩名을 나란히 했는데 소식은 〈유자옥 제문(祭柳子玉文)〉에서 "원진元稹은 경박하고 백거이白居易는 통속적이며, 맹교는 차갑고 가도賈島는 깡마르다(元輕白俗, 郊寒島瘦)"라고 평한 바 있다.

(2) 昏花(혼화): 눈이 침침한 모양.

(3) 佳處(가처): 멋진 시구를 가리킨다. 왕문고王文誥의 ≪소식시집蘇軾詩集≫에 "맹교의 시 〈뿔피리 소리

297

를 듣고(聞角)〉에 '외로운 달님의 입이 열린 듯, 떨어
지는 별님의 마음을 말하는 듯'이라고 했는데 공은 이
것을 극구 찬양한바, 이것이 이른바 '때때로 멋진 곳
을 만나게 된다'라고 한 것이다(郊〈聞角〉詩: '似開孤
月口, 能說落星心.' 公極賞之, 是所謂 '佳處時一遭'也)"라
고 했다.

(4) 鑿鑿(착착): 선명한 모양. 이 연은 맹교 시의 함축
   성이 작고 호흡이 너무 빨라 독자의 상상력이 개입할
   여지가 없는 특성을 지적한 것이다.

(5) 彭蟹(팽월): 방게. ≪본초本草≫에 "게 가운데 가장
   작은 것을 방게라고 하는바 발음이 '월'인데 오 지방
   사람들은 잘못하여 '팽월'이라고 한다(蟹之最小者, 名
   蟛蟹, 音越, 吳人訛爲彭蟹)"라고 했다. 이 연은 맹교
   시의 심오한 내용이 없는 특성을 지적한 것이다.

(6) 要當(요당): ~해야 하다.

(7) 僧(승): 왕십붕王十朋의 ≪백가주분류동파선생시百
   家註分類東坡先生詩≫에 "가도와 같은 사람을 가리킨
   다. 가도는 처음에 스님이 되어서 이름을 무본이라고
   했는데 시재에 대한 명성이 맹교와 비등했다. 어떤 사
   람은 구승의 무리와 다투는 것이라고 했는데 역시 타
   당성이 있다(指如賈島者也. 島初爲僧, 名無本, 詩材與
   郊齊名. 或云鬪九僧之徒, 亦是)"라고 했다.

(8) 韓(한): 한유를 가리킨다.

(9) 孟郊語(맹교어): 맹교의 시와 같은 작법으로 지어
   진 시를 가리킨다. 이 구절은 소식 자신이 맹교의 시

풍을 본떠서 이 시를 짓고 있다는 뜻이다.

(10) 空壁(공벽): 곡식 가마니도 놓여 있지 않고 옷가지
도 걸려 있지 않은 가난한 집의 휑뎅그렁한 벽을 가리
킨다. 이 연은 맹교와 같은 작법으로 자신의 처지를
과장되게 표현한 것이다.

(11) 愁肺腑(수폐부): 폐부를 근심스럽게 하다. 왕문고
의 ≪소식시집≫에 "이 열 자는 포복절도하게 하나니
맹교의 빈한한 모습을 핍진하게 그려 냈다(十字絶倒,
寫盡郊寒之狀)"라고 했다. 이 구절은 맹교의 시를 읽
으면 근심이 더 가중된다는 뜻이다.

(12) 自煮(자자): 자신을 굽다. 고기를 구울 때 고기에서
나온 기름으로 인하여 고기가 더 잘 구워진다는 뜻이다.

(13) 銅斗歌(동두가): 구리로 만든 구기를 두드리면서
부른 노래라는 뜻으로 맹교의 시 〈담공을 전송하며
(送淡公十二首)〉를 가리킨다. 그의 시 〈담공을 전송
하며〉 제3수에 "구리로 만든 구기로 강주江州의 술을
마시고, 구리로 만든 구기를 손으로 치며 노래한다(銅
斗飮江酒, 手拍銅斗歌)"라는 구절이 있고, 왕관국王觀
國의 ≪학림學林·동두銅斗≫에 "맹동야에게는 당시
에 마침 북두칠성처럼 모나게 생긴 구리 그릇이 하나
있었는데 맹동야는 그것에 술만 담아서 마셨으며 또
그것을 두드려서 노랫소리와 어우러지게 했기 때문에
스스로 그것을 묘사하여 시구로 만들었다(孟東野當
時適有銅器, 其狀方如斗, 而東野特以貯酒而飮, 又擊之
以和歌聲, 故自形於詩句)"라고 했다.

(14) 鄙俚(비리): 질박하고 통속적이다. 세련되지 못했다는 뜻이다.

(15) 桃弓(도궁): 도죽桃竹나무 가지로 만든 활. 도죽은 대나무의 일종으로 단단하고 질기기 때문에 화살 또는 지팡이를 만들거나 돗자리를 짜는 데 좋은 재료이다. 이하의 네 구절은 맹교의 표현을 빌려서, 관직에 나아가지 않고 고향을 지키며 마음 편하게 시골 생활을 영위하는 남자들의 모습을 묘사한 것으로 이 속에 그러한 생활에 대한 자신의 동경이 배어 있다.

(16) 射鴨(사압): 옛날 사람들이 즐기던 일종의 수상 유희.

(17) 獨速(독속): 움직이는 모양.

(18) 短蓑(단사): 짧은 도롱이. 맹교의 〈담공을 전송하며〉 제3수에는 또 "나는야 파도를 치는 사나이, 술 마시면 파도의 신神 낭파에게 절하고, 두 발로 작은 배의 이물을 밟고 서서, 도롱이 입고 나 혼자 덩실덩실 춤을 추며, 그대들이 좋아하는 〈어양참과漁陽參撾〉는, 공연히 번지르르한 말만 많다고 웃누나(儂是拍浪兒, 飮則拜浪婆. 脚踏小船頭, 獨速舞短蓑. 笑伊漁陽操, 空恃文章多)"라는 구절도 있다.

(19) 吳姬(오희): 수향水鄕인 오 지방의 여인이라는 뜻으로 바로 위의 네 구절에 묘사된 '답랑아踏浪兒'의 아내로서 단란한 가정을 이루는 핵심 요소 가운데 하나를 가리킨다. '답랑아'가 맹교의 〈담공을 전송하며〉에서 빌려 온 인물 형상이라면 '오희吳姬'는 소식이 창조해 낸 인물 형상이다.

(20) 踏浪兒(답랑아): 파도를 타고 다니며 고기를 잡는
어부, 즉 관직을 따라 객지를 전전하지 않고 항상 고
향에서 마음 편하게 사는 사람을 가리킨다.

(21) 江湖曲(강호곡): 맹교의 〈담공을 전송하며(送淡公
十二首)〉를 가리킨다. 이 시 제6수에 "이수와 낙수에
서 몇 해 동안 함께 살다, 하루아침에 강호로 떨어져
가네. 강호에는 옛날에 살던 초가집이 있는데, 어린
딸이 훌쩍훌쩍 울어 대겠네(數年伊雒同, 一旦江湖乖.
江湖有故莊, 小女啼喈喈)"라는 구절이 있다.

(22) 羈旅(기려): 객지 생활.

속여인행

續麗人行

이중모의 집에 주방이 그린 돌아서서 하품하며 기지개를 켜는 궁녀의 그림이 있는데 아주 정교하므로 장난삼아 이 시를 짓는다.

李仲謀[1]家有周昉[2]畫背面欠伸[3]內人, 極精, 戲作此詩.

인적 없는 깊은 궁궐 기나긴 봄날
침향정 북쪽에 온갖 꽃이 향긋한데
미인은 자고 일어나 화장이 지워진 채
제비 춤과 꾀꼬리 울음에 공연히 애끊는다.
화가가 뒤숭숭한 그 심정을 그리려 할 때
돌아서서 동풍에 잠을 깨웠나 본데
고개 돌려 다시 한 번 생긋 웃게 한다면
양성인과 하채인이 모두 넘어가렸다.
굶주린 두릉인은 눈빛이 늘 냉담한 채

저는 나귀 닮은 모자로 금 안장을 따라다니며
꽃밭 너머 물가에서 가끔 미인을 보았지만
등 뒤에서 팔다리나 볼 수 있었을 뿐인지라
심취했다 초가집에 돌아가고 난 뒤에야
말로만 듣던 서시가 세상에 있음을 믿었것다.
그대는 보지 못했는가
눈썹까지 높이 밥상을 든 가난뱅이 맹광을?
봄 때문에 마음 아파 등 돌리고 운 적 있던가?

深宮無人春日長,　　　　심궁무인춘일장

沈香亭北百花香.⁽⁴⁾　　　침향정북백화향

美人睡起薄梳洗,⁽⁵⁾⁽⁶⁾　미인수기박소세

燕舞鶯啼空斷腸.　　　　연무앵제공단장

畫工欲畫無窮意,⁽⁷⁾　　화공욕화무궁의

背立東風初破睡.　　　　배립동풍초파수

若教回首却嫣然,⁽⁸⁾⁽⁹⁾　약교회수각언연

陽城下蔡俱風靡.⁽¹⁰⁾⁽¹¹⁾　양성하채구풍미

杜陵飢客眼長寒,⁽¹²⁾　　두릉기객안장한

蹇驢破帽隨金鞍.⁽¹³⁾　　건려파모수금안

隔花臨水時一見,　　　　격화림수시일견

只許腰肢背後看.⁽¹⁴⁾　　지허요지배후간

心醉歸來茅屋底,⁽¹⁵⁾　심취귀래모옥저

方信人間有西子.⁽¹⁶⁾⁽¹⁷⁾　방신인간유서자

君不見　군불견

孟光擧案與眉齊,⁽¹⁸⁾　맹광거안여미제

何曾背面傷春啼.⁽¹⁹⁾　하증배면상춘제

心醉歸來茅屋底, [15]　심취귀래모옥저

方信人間有西子. [16][17]　방신인간유서자

君不見　군불견

孟光擧案與眉齊, [18]　맹광거안여미제

何曾背面傷春啼. [19]　하증배면상춘제

[해제]

서주지주徐州知州로 재임 중이던 원풍 원년(1078) 3월에 인물화를 잘 그리기로 유명한 당나라 화가 주방이 그린 돌아서서 하품하며 기지개를 켜는 궁녀의 그림을 보고 지은 것으로, 가난하지만 마음 편하게 산 맹광의 삶과 대비시킴으로써 겉보기에는 화려한 듯하지만 속으로는 말할 수 없이 무료하고 그래서 고통스러운 궁녀의 삶을 묘사했다. 두보의 〈여인행〉을 본떠서 지었기 때문에 〈속여인행〉이라고 했다.

[주석]

(1) 李仲謀(이중모): 구체적인 행적이 알려져 있지 않다.

(2) 周昉(주방): 당나라 때의 화가로 인물화에 능했으며 특히 미인화를 잘 그렸다. ≪역대명화기歷代名畵記 · 당조하唐朝下≫에 "주방은 자가 경현으로 관직이 선주장사에 이르렀다(周昉, 字景玄, 官至宣州長史)"라고 했고, ≪화감畵鑑 · 당화唐畵≫에 "주방은 귀인들을 잘 그리고 또 귀한 집 여인들의 초상화를 잘 그렸는데 아리땁고 풍만한 면이 많아 부귀한 기상이 있었다(周昉善畵貴游人物, 又善寫眞作仕女, 多穠麗豐肥, 有富貴氣)"라고 했다. 또 ≪당조명화록唐朝名畵錄 · 신품중일인神品中一人≫에는 "주방은 자가 중랑이며 경조인이다(周昉, 字仲朗, 京兆人)"라고 했다.

(3) 內人(내인): 궁중에서 일하는 여자. 궁녀.

(4) 沈香亭(침향정): 당나라 현종이 외국에서 공물로

바친 침향목을 가지고 흥경궁興慶宮에 지은 정자. 당
나라 개원(713-741) 연간에는 궁중에서 모란을 귀하
게 여겨 흥경궁의 흥경지興慶池 동쪽에 있는 침향정
앞에다 심었다. 어느 날 밤에 현종이 양귀비를 데리고
침향정에서 모란을 구경하다가 "아름다운 꽃이 있고
귀비가 있는데 어찌 옛날 가사를 쓰겠는가?"라고 하며
이귀년李龜年에게 명하여 이백李白을 찾아와서 새 가
사를 짓게 했다. 이때 이백이 술에 잔뜩 취한 채 불려
들어와서 일필휘지로 쓴 것이 유명한 〈청평조사淸平
調詞〉 3수이다.

(5) 美人(미인): 그림 속의 궁녀를 양귀비에 비유한 것
    이다.

(6) 梳洗(소세): 머리를 빗고 얼굴을 씻다. 여자들이 몸
    단장하는 것을 가리킨다.

(7) 無窮意(무궁의): 봄이 왔는데도 불구하고 혼자서
    지내며 너무나 무료하게 지내야 하는 궁녀의 복잡한
    심경을 가리킨다. 이 연은 주방이 궁녀의 앞모습을 그
    리지 않고 뒷모습을 그린 이유를 해학적인 필치로 설
    명한 것이다.

(8) 敎(교): ～로 하여금 ～하게 하다.

(9) 嫣然(언연): 교태롭게 웃는 모양.

(10) 陽城下蔡(양성하채): 양성과 하채에 사는 귀공자들
     을 가리킨다. 송옥宋玉의 〈등도자호색부登徒子好色賦〉
     에 "생긋 한 번 웃으면 양성 사람이 반하게 하고 하채
     사람이 정신을 못 차리게 할 것입니다(嫣然一笑, 惑陽

城, 迷下蔡)"라고 했는데 왕일王逸의 주에 "양성과 하
채는 두 현의 이름이다. 아마도 초나라의 귀한 집 자
제들을 봉한 곳이기 때문에 이것을 취하여 비유로 삼
았을 것이다(陽城·下蔡二縣名, 蓋楚之貴介公子所封,
故取以喩焉)"라고 했다.

(11) 風靡(풍미): 초목 따위가 바람을 맞아서 쓰러지는
것처럼 된다는 뜻으로 사족을 못 쓰게 된다는 말이다.

(12) 杜陵飢客(두릉기객): 두보杜甫를 가리킨다. 왕십붕
王十朋의 ≪백가주분류동파선생시百家註分類東坡先生
詩≫에 "두자미(두보)는 스스로 말하기를 옷이 몸을
다 가리지 못한 채 다른 사람에게 얻어먹느라 쉴 새
없이 여기저기로 쫓아다니니 떠돌아다니다가 도랑에
떨어져 죽을까 봐 항상 두렵다고 했으니 가히 굶주린
나그네라고 할 만하다. 또 그의 시에 '가을 산에 눈이
시리건만 혼은 아니 돌아왔네'라는 구절이 있다(杜子
美自謂衣不蓋體, 常寄食於人, 奔走不暇, 常恐轉死溝壑,
可謂飢客矣. 又詩云: '秋山眼冷魂未歸')"라고 했다. 이
하의 여섯 구절은 두보의 〈여인행〉과 관련지어서 서
술한 것으로 두보가 미인을 냉담한 눈으로 보았음을
뜻하는 듯하다.

(13) 金鞍(금안): 금안장의 말을 탄 고귀한 사람을 가
리킨다.

(14) 背後看(배후간): "그녀들의 등 뒤에는 무엇이 보이
는가? 치마끈에 드리운 진주가 몸매와 잘도 어울린다
(背後何所見? 珠壓腰衱穩稱身)"라고 한 두보의 시 〈여

인행〉의 표현을 차용한 것이다. 이 연은 두보가 미인의 자태를 멀찌감치 떨어져서 보는 데 그쳤다는 말이다.

(15) 心醉(심취): 어떤 일에 깊이 빠져서 마음을 빼앗기다. ≪열자列子·황제黃帝≫에 "정나라에 계함이라는 무당이 있는데 열자가 그 사람을 보고는 마음을 빼앗겼다(鄭有神巫曰季咸, 列子見之而心醉)"라고 했다.

(16) 人間(인간): 속세.

(17) 西子(서자): 춘추시대의 월나라 미인 서시西施를 가리킨다.

(18) 孟光(맹광): 후한後漢의 은사 양홍梁鴻의 아내. 양홍은 오 지방으로 가서 고백통皐伯通의 사랑채에 기거했는데 이때 그들은 맹광이 남의 집에서 절구질을 해 주고 받은 삯으로 간신히 끼니를 이어 갔다. 그러나 그녀는 눈을 치켜뜬 채 남편을 바라보지 않았으며 밥상을 눈썹까지 올라가도록 높이 받쳐 들고 들어갔다.(≪후한서·양홍전≫ 참조) 마지막 연은 궁중에서 외로이 지내는 궁녀의 삶보다 비록 가난할지라도 좋아하는 사람과 함께 마음 편하게 지낸 맹광의 삶이 더 낫다는 뜻이다.

(19) 何曾(하증): 어찌 ~한 적이 있겠는가.

9월 9일 황루에서
九日黃樓[1]作

지난해의 중양절은 말할 수도 없나니
남쪽 성에 한밤중에 물거품이 부글부글
성 밑을 뚫고 들어온 물은 우렛소리 일으키고
성 위에 가득한 진흙탕은 비를 맞아 미끌미끌
국화 보며 술 마실지 묻는 사람 없었고
해 저물면 돌아와서 신과 버선 빨았거늘
어떻게 알았으리 금년에 또 중양절 맞아
술잔 들고 꽃을 보며 함께 한잔 마실 줄을?
술이 맛없고 여인이 못났다 싫어하지 말게나
아무래도 진흙 속의 삽 천 자루보다는 나을 테니.
막 완공된 황루에는 벽이 아직 덜 말랐고
물이 빠진 청하에는 서리로 초목이 시드는데
아침이면 가랑비처럼 흰 안개가 끼어서
남산의 천 길짜리 불탑이 안 보이고

누각 앞이 망망대해로 변해 버렸고
누각 밑에 오로지 노 소리만 들린다.
선득한 추위에도 늙은이는 겁이 나서
따뜻한 술을 속에 부어 한기를 먼저 가라앉히니
안개 걷히고 해가 나며 어촌이 보이는데
긴 강은 넘실넘실 산줄기는 들쭉날쭉
시인들과 용사들은 용과 범이 섞인 모습
초나라 춤과 오나라 노래는 거위와 오리가 뒤엉긴
모습
술 한 잔을 권하노니 사양하지 말게나
이 광경이 삽계의 뱃놀이와 다를 것이 없으니.

去年重陽不可說,　　　거년 중양 불가 설

南城夜半千漚發.　　　남성 야반 천 구 발

水穿城下作雷鳴,　　　수천 성하 작 뢰 명

泥滿城頭飛雨滑.　　　니 만 성두 비 우 활

黃花白酒無人問,　　　황화 백주 무인 문

日暮歸來洗靴韤.　　　일 모 귀래 세 화 말

豈知還復有今年,　　　기 지 환부 유 금 년

把盞對花容一呷.(2)　　　파 잔 대화 용 일 합

莫嫌酒薄紅粉陋,(3)　　　막 혐 주 박 홍 분 루

終勝泥中千柄鋪.(4)　　　종 승 니 중 천 병 삽

黃樓新成壁未乾,　　　황루 신 성 벽 미 건

清河已落霜初殺.(5)(6)　　　청 하 이 락 상 초 살

朝來白霧如細雨,　　　조 래 백 무 여 세 우

312

南山不見千尋刹.[7]	남산불견천심찰
樓前便作海茫茫,[8][9]	루전변작해망망
樓下空聞櫓鴉軋.[10]	루하공문로아알
薄寒中人老可畏,[11][12]	박한중인로가외
熱酒澆腸氣先壓.	열주요장기선압
烟消日出見漁村,	연소일출견어촌
遠水鱗鱗山齾齾.[13][14]	원수린린산알알
詩人猛士雜龍虎,[15][16]	시인맹사잡룡호
楚舞吳歌亂鵝鴨.[17][18]	초무오가란아압
一杯相屬君勿辭,	일배상촉군물사
此景何殊泛淸霅.[19]	차경하수범청삽

소식이 서주지주徐州知州로 재임 중이던 희령 10년(1077) 7
월 17일 전연澶淵(지금의 하남성 복양濮陽)의 조촌曹村에서 강
둑이 터져 황하가 범람하기 시작하더니 8월 21일에는 물이 마
침내 서주성 밑까지 밀려왔다. 상황이 급박해지자 성안에 사는
유지들이 앞을 다투어 성을 빠져나가기 시작했다. 위기의식을
느낀 소식이 유지들을 설득하여 성안으로 돌아가게 하고 즉시
작업복으로 갈아입은 뒤 지휘봉 삼아 작대기 하나를 들고 직접
제방축조 공사를 지휘함으로써 마침내 홍수가 서주성으로 들어
오는 것을 막았다. 아무 데로나 마구 흘러가던 황하가 그해 10
월 13일에야 비로소 원래의 물길을 회복했다. 이 시는 그 이듬
해 중양절에 황루에서 연회를 벌인 감회를 노래한 것으로, 앞부
분에서 홍수를 만나 중양절 행사는 생각조차 할 수 없었던 지난
해의 상황을 회상하고 뒷부분에서 올해의 유쾌한 중양절 상황
을 묘사했다.

[주석]

(1) 黃樓(황루): 소식이 홍수를 막아낸 뒤 서주성徐州
城을 개축하고 성문 위에 세운 누각. 오행상극설에서
흙이 물을 제압한다고 했기 때문에 벽에다 황토를 바
르고 황루라고 명명했다. 소식은 〈왕공에게 화답하여
(答王鞏)〉라는 시의 자주自註에서 "고을에 청사가 하
나 있었는데 세상 사람들이 패왕청이라고 했다. 옛날
부터 그 속에는 들어가 앉으면 안 된다고 전해져 왔지
만 내가 그것을 헐어서 황루를 지었다(郡有廳事, 俗謂

之霸王廳. 相傳不可坐, 僕拆之以蓋黃樓)"라고 했고,
진관秦觀의 〈황루부서黃樓賦序〉에 "태수 소공이 팽성
을 다스리기 시작한 이듬해에 황하의 둑이 터진 변고
가 수습되어 백성들이 갱생하게 되자 또 그곳의 성을
수선하고 동문 위에 황루를 지었으니, 물이 흙에 제압
된다고 여기는데 흙이 노란색이기 때문에 여기에서
이름을 취한 것이다(太守蘇公守彭城之明年, 既治河決
之變, 民以更生, 又因修繕其城, 作黃樓於東門之上, 以
爲水受制於土, 而土之色黃, 故取名焉)"라고 했다.

(2) 容一呷(용일합): 한 번 마시는 일을 허용하다.

(3) 紅粉(홍분): 곱게 단장한 미인을 가리킨다.

(4) 泥中千柄鍤(이중천병삽): 진흙탕 속에서 성을 쌓는
수많은 인부들이 든 삽을 가리킨다.

(5) 清河(청하): 사수泗水의 일부로 서주를 지나가는
폐황하廢黃河를 가리킨다. 황루는 바로 폐황하의 둑
에 있다.

(6) 已落(이락): 이미 물이 빠지다. 구양수歐陽修의 〈취
옹정기醉翁亭記〉에 "들꽃이 피어서 향기가 그윽하고,
싱그러운 나무가 우뚝하여 그늘이 짙으며, 바람이 높
이 불고 서리가 깨끗하며, 물이 빠져서 바위가 드러나
는 것은 산속의 사철이다(野芳發而幽香, 佳木秀而繁
陰, 風霜高潔, 水落而石出者, 山間之四時也)"라는 말
이 있다.

(7) 千尋刹(천심찰): 아주 높은 불탑佛塔을 가리킨다.

(8) 便作(변작): 바로 ~이 되다.

(9) 海茫茫(해망망): 황루 앞의 폐황하와 벌판이 안개에 덮여 있는 모습을 가리킨다.

(10) 鴉軋(아알): 노 젓는 소리. 이 구절은 폐황하에 떠 있는 배가 안개 때문에 형체는 보이지 않고 노 소리만 들린다는 뜻이다.

(11) 薄寒(박한): 약한 추위.

(12) 中(중): 습격하다. 상해傷害를 입히다.

(13) 鱗鱗(인린): 물고기의 비늘이 늘어선 것처럼 파도가 치는 모양.

(14) 齾齾(알알): 이가 빠진 것처럼 높아졌다 낮아졌다 하는 모양.

(15) 猛士(맹사): 소식의 자주에 "좌객 30여 명 가운데 이름이 널리 알려진 사람이 많았다(坐客三十餘人, 多知名之士)"라고 했는데 그중에는 문인뿐만 아니라 무관도 섞여 있었던 것으로 보인다.

(16) 龍虎(용호): 걸출한 인물을 가리킨다.

(17) 楚舞(초무): 초 지방의 전통적인 춤.

(18) 吳歌(오가): 오 지방의 전통적인 노래.

(19) 淸霅(청삽): 절강성 호주湖州를 지나 북쪽으로 흘러 태호太湖로 들어가는 삽계霅溪를 가리킨다. 삽계 부근에 송강松江이 있는데 송강의 수홍정垂虹亭은 당시 사람들이 즐겨 연회를 벌이던 명소였다. 소식이 ≪동파지림東坡志林·송강유람기(記游松江)≫에서 "내가 옛날에 항주에서 밀주로 옮겨 갈 때 양원소와 같은 배를 탔는데 진영거와 장자야가 모두 나를

따라서 호주의 이공택에게 들렀다가 마침내 유효숙과 함께 다 같이 송강으로 갔다. 밤이 깊어 달이 뜨자 수홍정에 술상을 차렸다. 나이 85세로 가사로써 천하에 소문이 나 있던 장자야가 〈정풍파령〉을 지었다(吾昔自杭移高密, 與楊元素同舟, 而陳令擧·張子野, 皆從余過李公擇于湖, 遂與劉孝叔俱至松江. 夜半月出, 置酒垂虹亭上. 子野年八十五, 以歌詞聞于天下, 作〈定風波令〉)"라고 한 바와 같이, 소식도 희령 7년(1074) 9월 항주통판의 임기를 마치고 밀주지주로 부임해 가는 길에 이곳에서 호주지주 이상李常의 송별연을 받은 적이 있었다. 이 수홍정 연회에서 장선張先이 지은 사 〈정풍파령〉(서각명신봉조행西閣名臣奉詔行)은 속칭 육객사六客詞라고 하는데 이 사의 서문에 "삽계의 모임에 자리를 같이한 사람이 여섯 있었으니 양원소 시독·유효숙 이부·소자첨 학사·이공택 학사·진영거 현량이었다(霅溪席上, 同會者六人, 楊元素侍讀·劉孝叔吏部·蘇子瞻·李公擇二學士·陳令擧賢良)"라고 한 것을 보면 당시 사람들이 수홍정이 있는 송강 일대를 삽계로 간주했음을 알 수 있다. 삽계와 송강이 서로 연결되어 있는 데다 거리도 가깝기 때문일 것이다. 그러므로 이 시에서 말한 '삽계의 뱃놀이(泛淸霅)' 역시 수홍정에서의 연회를 가리키는 것으로 보인다.

이사훈이 그린 〈장강절도도〉
李思訓[1] 畫〈長江絶島圖〉[2]

청산은 푸릇푸릇
녹수는 가물가물
대고산 소고산이 강 가운데 떠 있는데
낭떠러지 무너지고 길이 끊기고
원숭이도 떠나가고 새도 떠나고
높다란 나무들만 먼 하늘을 찔러 댄다.
조그만 배 한 척 어디에서 오는지
뱃노래가 강 안에서 오르락내리락 울리고
산들바람 불어 대는 평평한 모래밭은
뚫어져라 바라봐도 끝이 보이지 않고
대고산과 소고산은 오랫동안 흔들흔들
배를 따라 들렸다 놓였다 한다.
우뚝하게 솟아 있는 두 개의 쪽머리가
새벽 거울 앞에 앉아 새로 단장할지라도
배 안에 있는 도붓장수여 괜히 설레지 말게나
아가씨는 작년에 팽도령에게 시집갔단다.

山蒼蒼,　　　　　　　　산창창

水茫茫,　　　　　　　　수망망

大孤小孤江中央.⁽³⁾⁽⁴⁾　대고소고강중앙

崖崩路絶猿鳥去,⁽⁵⁾　애붕로절원조거

惟有喬木攙天長.　　　유유교목참천장

客舟何處來,　　　　　객주하처래

棹歌中流聲抑揚.⁽⁶⁾⁽⁷⁾⁽⁸⁾　도가중류성억양

沙平風軟望不到,⁽⁹⁾　사평풍연망부도

孤山久與船低昂.　　　고산구여선저앙

峨峨兩烟鬟,⁽¹⁰⁾⁽¹¹⁾　아아량연환

曉鏡開新粧.⁽¹²⁾　효경개신장

舟中賈客莫漫狂,⁽¹³⁾⁽¹⁴⁾　주중가객막만광

小姑前年嫁彭郎.⁽¹⁵⁾⁽¹⁶⁾⁽¹⁷⁾　소고전년가팽랑

[해제]

서주지주徐州知州로 재임 중이던 원풍 원년(1078)에 당나라 현종 때의 화가 이사훈의 그림 〈장강절도도〉를 보고 지은 제화시題畫詩이다. 원래 파양호와 장강이 만나는 지점에 있는 대고산과 장강 안에 있는 소고산의 아름다운 경치를 그린 이사훈의 그림은 지금 전해지지 않는데, 소식이 이 그림을 보고 그것을 시로 바꾸어 놓음으로써 그림의 대략적인 면모를 엿볼 수 있다. '대고大孤'·'소고小孤'가 각각 '대고大姑'·'소고小姑'와 통하고 '팽랑澎浪'이 '팽랑彭郎'과 통한다는 사실에 착안하여 기발한 상상을 해 본 것이다.

[주석]

(1) 李思訓(이사훈): 당나라 사람 장언원張彦遠의 ≪명화기名畫記≫에 "이사훈은 황족으로 이임보의 백부이다. 그의 그림은 한 시대를 풍미하는 절묘한 작품이라는 칭송을 들었고 그의 관직은 좌무위대장군에 이르렀다.……당시 사람들이 그를 이장군이라고 불렀다(李思訓, 宗室也. 林甫之伯父. 畫稱一時之妙. 官至左武衛大將軍.……時人謂之李將軍也)"라고 했다.

(2) 長江絶島圖(장강절도도): 이사훈이 그린 산수화. 이 그림은 현재 전해지지 않지만 소식의 이 시를 통하여 장강 안의 외딴 섬인 대고산大孤山과 소고산小孤山 일대의 풍경을 그린 것임을 짐작할 수 있다.

(3) 大孤(대고): 대고산. 파양호鄱陽湖와 장강이 만나

는 지점에 위치하여 멀리 장강 안에 있는 소고산과 서로 마주 보고 서 있다. ≪태평환우기太平寰宇記≫에 "팽려호(파양호)는 둘레가 450리인데 호수 중심에 대고산이 있어서 덕화현과 도창현의 경계를 이룬다(彭蠡湖, 周圍四百五十里, 湖心有大孤山, 以別德化·都昌之界)"라고 했다.

(4) 小孤(소고): 소고산. ≪태평환우기≫에 "소고산은 높이가 30장이고 둘레가 1리인데 팽택현 고성에서 서북쪽으로 90리 되는 곳에 있다(小孤山, 高三十丈, 周圍一里, 在彭澤縣古城西北九十里)"라고 했다.

(5) 猿鳥去(원조거): 원숭이와 새가 그림에 나타나 있지 않은 것을 뜻하는 것으로 보인다.

(6) 棹歌(도가): 노를 저으면서 부르는 노래. 뱃노래.

(7) 中流(중류): 강 가운데.

(8) 聲抑揚(성억양): 소리가 낮아졌다 높아졌다 하여 아름다운 선율을 이룬다는 뜻이다.

(9) 望不到(망부도): 바라보아도 시선이 미칠 수 없다. 아득히 멀다는 뜻이다.

(10) 峨峨(아아): 높이 솟은 모양.

(11) 烟鬟(연환): 안개에 덮인 쪽머리. 대고산과 소고산이 둥그스름하게 솟아 있는 모양을 쪽머리에 비유한 것이다.

(12) 曉鏡(효경): 잔잔한 수면을 가리킨다.

(13) 漫(만): 공연히. 헛되이.

(14) 狂(광): 미혹되다. 넋이 빠지다.

(15) 小姑(소고): 소고산의 '소고小孤'는 발음이 같기 때문에 '소고小姑'로도 쓰는데 '소고小姑'가 '시누이' 즉 '아가씨'를 뜻한다는 사실을 이용하여 해학적으로 표현한 것이다. 구양수歐陽修의 ≪귀전록歸田錄≫에 "강남에 대고산과 소고산이 있는데 세상 사람들이 '고孤'를 '고姑'로 바꾸었다(江南有大小孤山, 而世俗轉孤爲姑)"라고 했다.

(16) 前年(전년): 작년. 재작년.

(17) 彭郎(팽랑): '팽랑기澎浪磯'의 '팽랑澎浪'을 발음이 같은 다른 글자로 고쳐 쓴 것으로 팽씨 도령이라는 뜻이 된다. 구양수의 ≪귀전록≫에 "강 옆에 팽랑기澎浪磯라고 하는 바위가 하나 있는데 마침내 '팽랑彭郎'으로 바꾸고는 '팽랑은 소고의 남편이다'라고 한다(江側有一石磯, 謂之澎浪磯, 遂轉爲彭郎, 云: '彭郎, 小姑壻也.')"라고 했다.

백보홍

百步洪[1] 二首

왕정국이 팽성으로 나를 찾아왔다가 하루는 작은
배를 저어 안장도와 함께 반·영·경 등 세 아이를 데
리고 사수를 유람하며 북쪽으로 성녀산에도 오르고
남쪽으로 백보홍에도 내려가서 피리를 불고 술을
마시다가 달빛을 타고 돌아왔다. 나는 당시 일 때문
에 갈 수가 없었는지라 밤에 깃털 옷을 입고 황루
위에 우두커니 서서 그들을 보고 웃으며 이태백이
죽은 뒤로 세상에 이런 즐거움이 없어진 지 300여
년이 되었다고 생각했다. 왕정국이 떠난 지 한 달이
넘었을 때 다시 참료법사와 함께 백보홍 밑에 배를
띄워 놓고 지난날의 놀이를 돌이켜보니 이미 옛날
일이 되고 만지라 '휴!' 하고 탄식이 나왔다. 그러므
로 시를 두 수 지어서 한 수는 참료법사에게 드리
고 한 수는 왕정국에게 부치고 또 안장도와 서요문
에게 보여 주며 함께 짓기를 청했다.

王定國[2]訪余於彭城[3], 一日, 棹小舟, 與顔長道[4]攜
盼[5]·英[6]·卿[7]三子, 游泗水[8], 北上聖女山[9], 南下百
步洪, 吹笛飲酒, 乘月而歸. 余時以事不得往, 夜著羽

衣[10], 佇立於黃樓[11]上, 相視而笑, 以爲李太白[12]死, 世間無此樂三百餘年[13]矣. 定國旣去逾月, 復與參寥[14]師放舟洪下, 追懷曩游, 已爲陳迹, 喟然而歎. 故作二詩, 一以遺參寥, 一以寄定國, 且示顏長道·舒堯文[15]邀同賦云.

제1수

기다란 급류가 뚝 떨어지며 물결을 일으키는데
가벼운 배가 북을 던진 듯 남쪽으로 내려간다.
뱃사공의 고함에 물오리와 기러기가 날아오르고
어지러운 바위가 한 줄로 서서 다투어 스칠 듯
다가온다.
우리 배는 토끼가 뛰자 송골매가 덮치듯
천 길의 내리막에 준마가 달려가듯
끊어진 거문고 줄이 기러기발에서 튕겨 나가듯
시위를 당긴 손에서 화살이 날아가듯
조그만 문틈으로 번개가 지나가듯
연잎에서 구슬이 구르듯이 흐른다.

사방의 산은 빙빙 돌고 바람은 귀를 스치는데
소용돌이 천 개에서 물거품 이는 것만 보이나니
험한 산에서 즐거움을 얻어 한바탕 유쾌했지만
어찌 하백이 가을 황하를 자랑하는 꼴이 되리?
우리 인생은 조화를 타고 주야로 흘러가는지라
생각이 신라를 지나가는 느낌인데
취중의 꿈속에서 아등바등 다투는 이야
구리 낙타가 가시덤불에 묻힌다는 걸 어찌 믿으리?
정신이 들자 순식간에 천겁이 지났는데
돌아보니 이 물이 몹시 느긋하구나.
언덕 위의 거무튀튀한 저 바위를 보게나.
긴 세월의 상앗대 자국이 벌집 같구나.
이 마음을 따라갈 뿐 집착하는 데 없다면
조화옹이 날쌔다 한들 나를 어쩌리?
배 보내고 말에 올라 각자 돌아가자꾸나.
시끌벅적 떠들어대면 스님께서 야단치리.

其一

長洪斗落生跳波,[(16)]　　　장홍두락생도파

輕舟南下如投梭.[(17)]　　　경주남하여투사

水師絕叫鳧雁起,[(18)]　　　수사절규부안기

亂石一線爭磋磨.[(19)]　　　란석일선쟁차마

有如兎走鷹隼落,[(20)]　　　유여토주응준락

駿馬下注千丈坡.　　　준마하주천장파

斷絃離柱箭脫手,[(21)]　　　단현리주전탈수

飛電過隙珠翻荷.　　　비전과극주번하

四山眩轉風掠耳,　　　사산현전풍략이

但見流沫生千渦.　　　단견류말생천와

嶮中得樂雖一快,　　　험중득락수일쾌

何意水伯誇秋河.[(22)(23)]　　　하의수백과추하

我生乘化日夜逝,[(24)]　　　아생승화일야서

326

坐覺一念逾新羅.⁽²⁵⁾⁽²⁶⁾　　　좌각일념유신라

紛紛爭奪醉夢裏,⁽²⁷⁾　　　분분쟁탈취몽리

豈信荊棘埋銅駝.⁽²⁸⁾　　　기신형극매동타

覺來俯仰失千劫,⁽²⁹⁾　　　각래부앙실천겁

回視此水殊委蛇.⁽³⁰⁾　　　회시차수수위사

君看岸邊蒼石上,　　　군간안변창석상

古來篙眼如蜂窠.⁽³¹⁾　　　고래고안여봉과

但應此心無所住,⁽³²⁾　　　단응차심무소주

造物雖駛如吾何.⁽³³⁾　　　조물수사여오하

回船上馬各歸去,⁽³⁴⁾　　　회선상마각귀거

多言譊譊師所呵.⁽³⁵⁾⁽³⁶⁾　　　다언뇨뇨사소가

327

坐覺一念逾新羅. [25][26]　　　좌각일념유신라

紛紛爭奪醉夢裏, [27]　　　분분쟁탈취몽리

豈信荊棘埋銅駝. [28]　　　기신형극매동타

覺來俯仰失千劫, [29]　　　각래부앙실천겁

回視此水殊委蛇. [30]　　　회시차수수위사

君看岸邊蒼石上,　　　군간안변창석상

古來篙眼如蜂窠. [31]　　　고래고안여봉과

但應此心無所住, [32]　　　단응차심무소주

造物雖駛如吾何. [33]　　　조물수사여오하

回船上馬各歸去, [34]　　　회선상마각귀거

多言譊譊師所呵. [35][36]　　　다언뇨뇨사소가

제2수

가인들이 추파를 거두려 하지는 않지만
유여가 말하려면 날아오는 북을 막아야 했고
가벼운 배에서 물장난 쳐 웃음을 자아내는가 하면
취중에 노를 저어 어깨가 서로 부딪쳤겠네.
장안 골목의 협객들이 담비가죽 옷을 입고
밤중에 연지파를 내달리는 것 배우지 않고
오로지 시구를 포조와 사령운에 비기며
강을 건너 가을 강의 연꽃을 함께 땄겠네.
시에서 무슨 말을 했는지는 잘 모르고
두 뺨에 작은 보조개가 생긴 것만 알았나니
나는 당시 깃털 옷 입고 황루 위에 올라가
앉아서 직녀가 은하수 기울이는 것 보았네.
돌아올 땐 피리 소리가 산골짝에 가득하고
명월이 금파라를 비춰 주고 있었을 터
어찌 나를 먼지 속에 들어가게 버려두어

바글바글 짐승들이 누운 낙타를 놀리게 했나요?
빈 서재의 늙고 병든 이 늙은이가
퇴근하고 누구와 느긋하게 밥 먹을지 생각 않으매
때때로 백보홍에 와서 그대 자취를 찾노라면
움푹 패인 채 이끼에 덮인 나막신 자국이 보인다오.
시가 다 지어지자 남몰래 흐르는 두 줄기 눈물
슬프게 읊으며 마주 보는 이는 하장유와 양선지뿐.
가인에게 비단 글자를 부치라고 하려 해도
날이 추워 손이 찬데 불어 줄 사람이 없다오.

其二

佳人未肯回秋波,[37]	가인미긍회추파
幼輿欲語防飛梭.[38]	유여욕어방비사
輕舟弄水買一笑,[39]	경주롱수매일소
醉中蕩槳肩相摩.[40]	취중탕장견상마
不學長安閭里俠,[41][42]	불학장안려리협
貂裘夜走臙脂坡.[43][44]	초구야주연지파
獨將詩句擬鮑謝,[45][46]	독장시구의포사
涉江共採秋江荷.	섭강공채추강하
不知詩中道何語,[47]	부지시중도하어
但覺兩頰生微渦.	단각량협생미와
我時羽服黃樓上,[48]	아시우복황루상
坐見織女初斜河.[49]	좌견직녀초사하

歸來笛聲滿山谷, 　　　귀래적성만산곡

明月正照金叵羅.[50] 　　명월정조금파라

奈何捨我入塵土, 　　　내하사아입진토

擾擾毛羣欺臥駝.[51][52][53] 　요요모군기와타

不念空齋老病叟,[54] 　　불념공재로병수

退食誰與同委蛇. 　　　퇴식수여동위사

時來洪上看遺跡, 　　　시래홍상간유적

忍見屐齒青苔窠.[55] 　　인견극치청태과

詩成不覺雙淚下,[56] 　　시성불각쌍루하

悲吟相對惟羊何.[57] 　　비음상대유양하

欲遣佳人寄錦字,[58] 　　욕견가인기금자

夜寒手冷無人呵.[59] 　　야한수랭무인가

[해제]

원풍 원년(1078) 10월에 승려 친구인 참료법사와 함께 서주 동산현에 있는 백보홍에 놀러 갔다가 지은 것으로 제1수는 참료법사에게 준 것이고 제2수는 왕공에게 부친 것이다. 제1수는 백보홍의 웅장한 모습을 묘사하는 가운데 인간은 왜소하고 인생은 무상하며, 인생은 늘 즐거울 수도 없고 늘 슬플 수도 없다는 인생철학을 곁들여 놓은 시이고, 제2수는 지난날 왕공이 백보홍에 가서 놀았던 일을 회상하면서 그에 대한 그리움을 토로한 것이다.

[주석]

(1) 百步洪(백보홍): 강소성 서주시徐州市 동산현銅山縣의 폐황하廢黃河에 있던 급류로 일명 서주홍이라고도 했다.

(2) 定國(정국): 소식의 절친한 친구 왕공王鞏의 자字.

(3) 彭城(팽성): 지금의 강소성 서주.

(4) 長道(장도): 안복顔復의 자字.

(5) 盼(반): 기녀 마반반馬盼盼을 가리킨다. 하주賀鑄의 시 〈팽성 왕생이 가기 반반을 애도한 시에 화답하여(和彭城王生悼歌人盼盼)〉의 주에 "반반은 성이 마씨로 서화에 능했다. 죽은 뒤에 남대에 장사 지냈으니 바로 봉황원이다. 왕생이 시 열 편을 지었으므로 그 가운데 한 수에 화답한다(盼盼, 馬氏, 善書染. 死葬南臺, 卽鳳皇原也. 生賦詩十篇, 因和其一)"라고 했다.

(6) 英(영): 기녀 장영영張英英을 가리킨다. 진사도陳
師道의 사詞 〈남향자南鄕子〉(풍서락동린風絮落東鄰)
의 서문에 "조대부가 피운루를 확장하여 황루를 압도
하게 하려고 애썼다. 장씨와 마씨 두 사람은 모두 당
시의 존귀한 존재로 세상에서 영영·반반이라고 불렀
는데 반반은 죽고 영영은 시집갔다(晁大夫增飾披雲,
務欲壓黃樓, 而張·馬二子, 皆當年尊, 下世所謂英英·
盼盼者. 盼卒, 英嫁)"라고 한바, 반반이 마씨이기 때문
에 영영은 장씨임을 알 수 있다.

(7) 卿(경): 기녀 이름. 구체적인 행적이 알려져 있지 않다.

(8) 泗水(사수): 산동성에 있는 몽산蒙山에서 발원하여
곡부曲阜와 강소성 서주를 거쳐 대운하로 흘러드는 강.

(9) 聖女山(성녀산): 강소성 서주에 있는 산으로 일명
환산桓山이라고도 한다.

(10) 羽衣(우의): 깃털로 만든 옷. 주로 도사나 신선이
입었다.

(11) 黃樓(황루): 소식이 홍수를 막아 낸 뒤 서주성을 개
축하고 성문 위에 세운 누각.

(12) 太白(태백): 당나라 시인 이백의 자字.

(13) 三百餘年(삼백여년): 이백이 세상을 떠난 보응 원
년(762)부터 이 시가 지어진 원풍 원년(1078)까지
의 기간을 가리킨다.

(14) 參寥(참료): 절강성 어잠於潛 출신의 스님으로 소
식의 절친한 친구인 도잠道潛의 자字.

(15) 堯文(요문): 서주교수徐州教授 서환舒煥의 자字.

(16) 斗(두): 갑자기. 급히. '두陡'와 같다.

(17) 梭(사): 북. 베를 짤 때 날실 사이를 왔다 갔다 하면서 씨실을 넣는 기구. 이 연은 배가 급류를 타고 급히 내려가는 것이 마치 북이 날실 사이를 지나가는 것과 같다는 뜻으로 계곡이 좁다는 사실과 배가 빠르다는 사실을 아울러 말해 준다.

(18) 水師(수사): 뱃사공. 이 구절은 배가 위험한 곳을 지나갈 때 뱃사공이 주의를 환기시키느라 크게 소리치는 모습을 형용한 것이다.

(19) 磋磨(차마): 스칠 정도로 바짝 다가오다. 이 구절은 배가 좁다란 물길을 따라 구불구불하게 늘어선 바위에 닿을락말락하며 아슬아슬하게 지나가는 모습을 묘사한 것이다.

(20) 有如(유여): ~와 같다. 이하의 네 구절은 여섯 가지의 비유를 동시에 사용하는 박유博喩의 기법으로 백보홍의 급한 물살을 묘사한 것이다.

(21) 柱(주): 안주雁柱. 기러기발. 현악기의 줄을 고르는 기구. 단단한 나무를 기러기의 발 모양으로 만들어서 줄 밑에 괸다.

(22) 何意(하의): 왜. 어찌하여.

(23) 水伯(수백): 하백河伯. 황하의 신 하백은 가을에 물이 불어 넓디넓은 황하를 보고 자기가 천하의 으뜸이라고 여겼는데 나중에 끝없이 넓은 바다를 보고는 부끄러움을 이기지 못하고 바다의 신 해약海若을 향해 탄복했다고 한다.(≪장자莊子·추수秋水≫ 참조) 이 연

은 백보홍에서 한바탕 즐겁게 놀았지만 이것보다 더
큰 즐거움이 있을 것이므로 뽐낼 일은 아니라는 말
이다.

(24) 乘化(승화): 자연의 조화造化에 순응하다.

(25) 坐(좌): 이에. 이리하여. 백거이白居易의 시 〈원구
와 헤어진 뒤에(別元九後詠所懷)〉에 "마음 같은 한 사
람이 떠나가서서, 장안이 텅 빈 듯한 느낌이 드네(同
心一人去, 坐覺長安空)"라는 구절이 있다.

(26) 新羅(신라): 우리나라 삼국시대의 신라를 가리킨
다. ≪전등록傳燈錄≫에 "한 스님이 금린보자대사金鱗
寶資大師에게 '금강이라는 화살은 어떠합니까?' 하고
묻자 대사가 '신라국을 지나간다'라고 했다(僧問金鱗
寶資大師: '如何是金剛一隻箭?' 師曰: '過新羅國去.')"
라는 말이 있고, 왕십붕王十朋의 ≪백가주분류동파선
생시百家註分類東坡先生詩≫에 "≪전등록≫에 '한 스
님이 종성선사에게 "이 눈앞의 일은 어떠합니까?" 하
고 묻자 선사가 "신라국까지 간다"라고 했다'라는 말이
있거니와 신라는 바다 너머에 있는데 생각이 단번에
그곳을 지나간다는 것은 바로 ≪장자≫에서 말한 사
람의 마음은 고개를 숙였다 드는 짧은 시간에 사해를
다 돌아다닐 정도로 빠르다는 뜻이다(≪傳燈錄≫: '有
僧問從盛禪師: "如何是覿面事?" 師曰: "新羅國去也."'
新羅在海外, 一念已逾, 卽≪莊子≫所謂俯仰而拊四海
也)"라고 했다. 이 연은 생각이 순식간에 신라를 지나
가는 것만큼이나 인생이 짧고 덧없음을 깨닫는다는

335

말이다.

(27) 醉夢(취몽): 술에 취해서 꾸는 꿈처럼 허망한 인생을 가리킨다.

(28) 荊棘埋銅駝(형극매동타): 세상이 크게 바뀐다는 말이다. 진晉나라 사람 색정素靖은 미래의 일을 잘 예측했는데 천하에 변란이 일어날 조짐이 보이면 낙양洛陽의 궁문 밖에 서 있는 구리로 만든 낙타를 가리키며 "네가 가시덤불에 묻히겠구나"라고 했다.(≪진서·색정전≫ 참조) 이 연은 세상 사람들이 꿈처럼 허망한 인생을 세속적인 다툼으로 낭비한다는 말이다.

(29) 俯仰(부앙): 고개를 한 번 숙였다 드는 짧은 시간. 배가 백보홍의 위에서 아래까지 내려오는 데 걸린 짧은 시간을 가리킨다.

(30) 委蛇(위사): 느긋한 모양. 보통 '위이'로 읽지만 압운 때문에 여기서는 '위사'로 읽어야 한다. ≪시경詩經·소남召南·고양羔羊≫에 "공무에서 돌아와 식사를 하네, 느긋하게 천천히 식사를 하네(退食自公, 委蛇委蛇)"라는 구절이 있다. 이 연은 배를 타고 백보홍을 내려오는 데 걸린 실제 시간은 얼마 안 되었지만 심리적으로는 아주 긴 것처럼 느껴졌고, 그렇게 험난하게 여겨지던 급류도 다 내려온 뒤에 되돌아보니 아무렇지도 않게 보인다는 뜻으로, 매사가 마음먹기에 따라 다르게 받아들여질 수 있다는 말이다.

(31) 古來篙眼(고래고안): 옛날부터 지금까지 오랜 세월에 걸쳐 배를 밀어서 바위 위에 생긴 상앗대의 자국.

이 구절은 급류가 끝나자 물살이 아주 느려져서 상앗
대로 배를 민 자국이 수없이 많다는 말이다.

(32) 所住(소주): 집착하는 것.

(33) 駛(사): 빠르다. 이 구절은 세월이 아무리 빠르게
지나가도 느긋한 내 마음을 어쩌지 못할 것이라는 말
이다.

(34) 回船(회선): 그동안 타고 있던 배를 돌려보낸다는
말이다. 배를 탄 채로 하류에서 상류로 돌아갈 수는
없기 때문에 뱃사공이 배를 비워서 상류로 끌고 간 다
음 다른 유람객을 태웠을 것으로 보인다.

(35) 譊譊(요뇨): 왁자지껄한 모양.

(36) 師(사): 참료법사를 가리킨다. 이 연은 소식이 열을
올려 가며 자꾸 이야기하자 인생에 대한 깨달음이 깊
은 참료법사가 잠자코 듣고만 있다가 마지막에 가서
"이제 가시지요"처럼 담담하고 초연한 말을 한마디 던
진 것에 대한 해학적인 표현인 것 같다.

(37) 回秋波(회추파): 추파를 회수하다. 추파 던지기를
그친다는 뜻이다.

(38) 幼輿(유여): 진晉나라 사람 사곤謝鯤의 자字. 이웃
집에 사는 고씨高氏의 딸이 뛰어난 미인인지라 사곤
이 유혹하려고 하자 그녀가 북을 던져서 그의 이를 두
개 부러뜨렸다. 당시 사람들이 이를 두고 "제멋대로
까불더니 유여가 이를 부러뜨렸다"라고 했다. 사곤이
이 말을 듣고는 오만한 태도로 길게 휘파람을 불면서
"그래도 휘파람 불고 노래를 부르리라"라고 했다.(≪진

서·사곤전≫ 참조) 이 연은 미인들, 즉 시의 서문에서 말한 '세 아이(三子)'가 계속해서 추파를 던지기는 하지만 왕공을 비롯한 남자들이 그들을 함부로 대하는 것은 싫어했을 것이라는 말이다.

(39) 買(매): 자아내다. 일으키다. 한漢나라 때 강도왕江都王 유건劉建이 낭관郎官 두 사람에게 작은 배를 타고 물속으로 들어가게 한 뒤 배가 뒤집어져서 두 사람이 배를 붙잡고 가라앉았다 나왔다 하는 것을 보고 폭소를 터뜨린 일이 있었다.(≪한서·강도왕전≫ 참조)

(40) 摩(마): 문지르다. 마찰하다. 풍응류馮應榴의 ≪소식시집합주蘇軾詩集合注≫에는 "'마磨'는 사신행査愼行의 ≪소시보주蘇詩補註≫에 '마摩'로 되어 있지만 운서에 의하면 '마磨'와 '마摩'가 통용된다. 그러나 이 시는 같은 운자를 다시 쓰기 때문에 여기에도 '마磨'를 써야 한다('磨', 査本作'摩', 但韻書, '磨與摩'通. 詩疊韻, 仍當作'磨')"라고 했다.

(41) 長安(장안): 지금의 섬서성 서안西安.

(42) 閭里俠(여리협): 평민들이 사는 거리의 협객. ≪한서·유협전游俠傳≫에 "여리의 협객 중에서 원섭이 우두머리이다(閭里之俠, 原涉爲魁)"라는 말이 있다.

(43) 貂裘(초구): 담비의 털가죽으로 만든 옷.

(44) 臙脂坡(연지파): 경본京本 ≪이문집異聞集≫에 수록되어 있는 〈서선가書仙歌〉의 "장안의 남쪽 비탈은 연지파라 부르고, 조씨 집에 있는 여인은 채문희라 부르네(長安南坡名臙脂, 曹家有女名文姬)"라는 말과 왕

십붕 ≪백가주분류동파선생시≫의 "연지파는 장안의
기생집이 모여 있는 동네 이름이다(臙脂坡, 長安妓館
坊名)"라는 말을 종합해 보면 장안에 있던 사창가임을
알 수 있다. 이염李濂의 ≪변경유적지汴京遺跡志≫에
"연지파는 개봉부성의 서북쪽에 있는데 아침저녁으로
햇빛이 비쳐 연지와 같거니와 세상에서는 홍사강이라
고 부른다(臙脂坡在開封府城西北, 朝暮斜暉照之, 若
臙脂, 俗呼爲紅沙岡)"라고 했으나 이 시의 맥락과는
어울리지 않는다. 이 연은 왕공 일행이 건달들처럼 놀
지 않았다는 말이다.

(45) 將(장): ~을.

(46) 鮑謝(포사): 포조鮑照와 사령운謝靈運. 두보杜甫의
시 〈마음 달래기(遣興)〉에 "시를 많이 지을 필요 어디
있으랴, 포조와 사령운을 왕왕 능가하는데?(賦詩何必
多, 往往凌鮑謝)"라는 구절이 있다. 이 연은 왕공 일
행이 비록 기녀들을 데리고 가기는 했지만 서로 시를
주고받거나 연꽃을 따며 고상하게 놀았다는 말이다.

(47) 詩(시): 왕공 일행이 백보홍에서 놀 때 지어서 기녀
들에게 보여 준 시를 가리킨다. 이 연은 기녀들이 아
직까지 즐거운 표정을 짓고 있는 것을 보니 직접 보지
않아도 왕공 일행이 지은 시에 기녀들이 매우 흐뭇해
했음을 알겠다는 말이다.

(48) 羽服(우복): 깃털로 만든 옷. 주로 신선이나 도사가
입었다. 시의 서문에 "이태백이 죽은 뒤로 세상에 이
런 즐거움이 없어진 지 300여 년이 되었다고 생각했

다(以爲李太白死, 世間無此樂三百餘年矣)"라고 한 것을 보면 소식은 그날의 모임을 신선들의 모임으로 여겼던 것으로 보인다.

(49) 斜河(사하): ≪태평광기太平廣記·심경전沈警傳≫에 "더구나 항아가 질투하여 빛을 남겨 주려 하지 않고, 직녀도 무뢰하게 이미 은하수를 기울였습니다(況姮娥妬人, 不肯留照; 織女無賴, 已復斜河)"라고 했다. 시간이 흐름에 따라 은하수가 방향을 바꾸는 현상에 대한 해학적인 표현인 것으로 보인다.

(50) 金叵羅(금파라): 금으로 만든 술잔의 이름. ≪북제서北齊書·조정전祖珽傳≫에 "신무가 수하의 벼슬아치들에게 연회를 열어 주었는데 술자리 도중에 금파라가 없어졌다. 두태가 술 마시는 사람들에게 모두 모자를 벗으라고 하여 조정의 상투 위에서 찾았다(神武宴寮屬, 於坐失金叵羅. 竇泰令飮酒者皆脫帽, 於珽髻上得之)"라고 했는데, 이에 대하여 오증吳曾은 ≪능개재만록能改齋漫錄·사실事實≫에서 "조정이 신무의 금파라를 훔쳤거니와 아마도 술그릇일 것이다(祖珽盜神武金叵羅, 蓋酒器也)"라고 했다. 백보홍에서 돌아오는 도중 배 안에서 술 마실 때 사용한 술잔인 것으로 보인다.

(51) 擾擾(요요): 어지러운 모양.

(52) 毛羣(모군): 털 달린 짐승들을 가리킨다. 반고班固의 〈서도부西都賦〉에 "털 달린 짐승은 안에 가득하고, 깃털 달고 나는 새는 위에서 뒤덮는다(毛羣內闐, 飛羽

上覆)"라고 했다.

(53) 臥駝(와타): 짐을 지고 다니다 지쳐서 사막에 엎드려 쉬는 낙타라는 뜻으로 속세에서 고생하는 자기 자신을 가리키는 것으로 보인다.

(54) 老病叟(노병수): 소식 자신을 가리킨다. 이 연은 왕공이 떠난 뒤로 소식을 전하지 않음을 가리킨다.

(55) 忍見(인견): 차마 보기 힘든 광경을 본다는 뜻이다.

(56) 詩(시): 소식의 이 시를 가리킨다.

(57) 羊何(양하): 남조시대의 송나라 사람으로 사령운의 친구였던 양선지羊璿之와 하장유何長瑜를 가리킨다. ≪송서宋書·사령운전謝靈運傳≫에 "원가 5년(428)에 사령운은 동쪽으로 돌아가서 집안 동생 사혜련, 동해 사람 하장유, 영천 사람 순옹, 태산 사람 양선지와 한데 모여 문장을 감상하고 함께 산수에서 노닐었으니 당시 사람들이 이들을 네 친구라고 불렀다(元嘉五年, 靈運旣東還, 與族弟惠連, 東海何長瑜, 潁川荀雍, 太山羊璿之, 以文章賞會, 共爲山澤之游, 時人謂之四友)"라고 했다. 풍응류의 ≪소식시집합주≫에 "양씨와 하씨는 서요문과 안장도를 가리킨다(羊何, 借指舒堯文·顏長道也)"라고 했다.

(58) 錦字(금자): 십륙국十六國 시대 전진前秦 사람 소혜蘇蕙는 유사流沙에 가 있는 남편 두도竇滔에 대한 그리움을 담은 840자에 달하는 긴 회문시回文詩를 비단에다 수놓아서 보냈다.(≪진서晉書·열녀전列女傳≫ 참조) 사랑을 고백한 편지를 가리킨다.

(59) 呵(가): 입김을 불어서 따뜻하게 하다.

달밤에 살구꽃 밑에서 손님과 한잔하며
月夜與客[1]飮杏花下

살구꽃이 발로 날아와 남은 봄을 쓸어 내고
밝은 달이 문으로 들어와 외로운 이를 찾기에
바지 걷고 달빛 아래 꽃 그림자 밟노라니
휘영청 달이 밝아 강에 개구리밥 뜬 듯하네.
꽃 사이에 술상 차리니 아련한 향이 피어나고
다투어 긴 가지 휘어잡으니 향긋한 눈이 내리네.
산골 술은 맛이 없어 마실 수가 없으니
술잔 속의 달이나 들이켜기 바라네.
달빛 속에 사라지는 퉁소 소리 들으며
달이 지면 술잔 빌까 그것만이 걱정이네.
내일 아침 봄바람이 땅을 쓸고 지나가면
푸른 잎에 붉은 꽃이 깃든 것만 보이겠네.

杏花飛簾散餘春,　　　행화비렴산여춘

明月入戶尋幽人.[2]　　명월입호심유인

褰衣步月踏花影,　　　건의보월답화영

炯如流水涵青蘋.[3]　　형여류수함청빈

花間置酒清香發,　　　화간치주청향발

爭挽長條落香雪.　　　쟁만장조락향설

山城酒薄不堪飲,　　　산성주박불감음

勸君且吸杯中月.　　　권군차흡배중월

洞簫聲斷月明中,　　　통소성단월명중

惟憂月落酒杯空.　　　유우월락주배공

明朝捲地春風惡,[4]　　명조권지춘풍악

但見綠葉棲殘紅.　　　단견록엽서잔홍

[해제]

원풍 2년(1079) 2월에 서주지주의 관사에 묵고 있던 왕적·왕휼 형제 및 그를 찾아온 촉인 장사후와 함께 살구나무 밑에 앉아서 한창 젊은 나이의 두 왕씨가 멋들어지게 부는 퉁소 소리를 안주 삼아 술을 마시는 흐뭇한 기분과 봄이 얼마 남지 않음에 대한 아쉬움을 노래한 것이다.

[주석]

(1) 客(객): ≪동파지림東坡志林·왕자립에 대한 추억(憶王子立)≫에 "내가 서주에 있을 때 왕자립과 왕자민이 모두 관사에 묵고 있었는데 촉인 장사후가 나를 찾아왔다. 한창 젊은 두 왕씨가 퉁소를 부는 가운데 살구나무 밑에서 술을 마셨다(僕在徐州, 王子立·子敏皆館於官舍, 而蜀人張師厚來過. 二王方年少, 吹洞簫, 飮酒杏花下)"라는 말이 있다. 왕자립과 왕자민은 형제지간으로 본명이 각각 왕적王適·왕휼王遹이었다.(소식, 〈왕자립묘지명王子立墓誌銘〉 참조)

(2) 幽人(유인): 외진 곳에 사는 사람. 소식 자신을 가리킨다.

(3) 靑蘋(청빈): 개구리밥. 땅 위에 비친 살구꽃 그림자를 물 위에 뜬 개구리밥에 비유한 것이다.

(4) 春風惡(춘풍악): 봄바람이 모질게 불다.

배 안에서 밤에 일어나
舟中夜起

산들바람이 솨아솨아 줄과 부들 흔들기에
문을 열고 비 오나 보니 달빛이 호수에 가득하다.
사공도 물새도 다 꿈나라로 들어가고
물고기는 여우처럼 깜짝 놀라 달아난다.
사람도 만물도 죽은 듯이 고요한 밤
나만 혼자 그림자를 벗하여 논다.
밤 파도는 언덕에서 생겨 지렁이를 꾀어내고
지는 달은 버들에 걸려 허공에 걸린 거미를 본다.
인생이란 우환 속에 후딱 지나가는 것
멋진 장면 보이는 것 순간이렷다.
닭 울고 종 울리니 온갖 새들 흩어지고
뱃머리선 북을 치며 또 서로를 불러 댄다.

微風蕭蕭吹菰蒲,⁽¹⁾　　　미풍소소취고포

開門看雨月滿湖.　　　　　개문간우월만호

舟人水鳥兩同夢,　　　　　주인수조량동몽

大魚驚竄如奔狐.⁽²⁾　　　대어경찬여분호

夜深人物不相管,⁽³⁾　　　야심인물불상관

我獨形影相嬉娛.⁽⁴⁾　　　아독형영상희오

暗潮生渚弔寒蚓,⁽⁵⁾⁽⁶⁾　　암조생저조한인

落月挂柳看懸蛛.⁽⁷⁾　　　락월괘류간현주

此生忽忽憂患裏,　　　　　차생홀홀우환리

清境過眼能須臾.⁽⁸⁾⁽⁹⁾　　청경과안능수유

雞鳴鐘動百鳥散,　　　　　계명종동백조산

船頭擊鼓還相呼.　　　　　선두격고환상호

346

[해제]

원풍 2년(1079) 3월에 호주지주로 옮기라는 명을 받고 호주로 가는 도중 호수 위에 정박한 배 위에서 하룻밤을 지낼 때, 호수 위에 펼쳐진 야경을 묘사하고 아울러 호수를 삶의 터전으로 삼아 열심히 살아가는 수향 백성들이 부산하게 새벽을 여는 광경을 그린 것이다.

[주석]

(1) 蕭蕭(소소): 초목이 흔들리는 소리.

(2) 奔狐(분호): 달아나는 여우.

(3) 相管(상관): 상관相關하다.

(4) 形影(형영): 형체와 그림자.

(5) 弔(조): 유인하다.

(6) 寒蚓(한인): 기온이 낮은 밤의 지렁이를 가리킨다.

(7) 懸蛛(현주): 거미줄에 매달려 있는 거미.

(8) 過眼(과안): 눈앞을 스쳐가다.

(9) 能(능): 바로 ~이다. '내乃'와 같다.

강풍으로 금산사에서 이틀 동안 머물며
大風留金山[1]兩日

탑 꼭대기 풍경이 혼잣말로 말하기를
내일은 광풍에 나룻길이 끊길 거라 하더니
아침 되자 흰 물결이 푸른 언덕 마구 쳐서
창문에 거꾸로 뿌리는 빗방울이 되었다.
만 섬들이 용양장군 배도 감히 지나가지 못하고
일엽편주 고깃배는 물결 따라 춤춘다.
도시에 무슨 바쁜 일이 있을까 골똘하게 생각하다
도리어 교룡이 누구 때문에 성내느냐며 웃는다.
일 없이 오래 머문다고 종놈이 괴이해 하지만
이번 바람엔 그런대로 처자의 허락도 받은 셈이다.
첨산도인은 유독 무슨 일이 있기에
밤중에 잠 안 자고 죽고 소리 들을까?

塔上一鈴獨自語,⁽²⁾　　　　탑 상 일 령 독 자 어

明日顚風當斷渡.　　　　　　명 일 전 풍 당 단 도

朝來白浪打蒼崖,　　　　　　조 래 백 랑 타 창 애

倒射軒窗作飛雨.⁽³⁾⁽⁴⁾　　도 사 헌 창 작 비 우

龍驤萬斛不敢過,⁽⁵⁾⁽⁶⁾　　룡 양 만 곡 불 감 과

漁舟一葉從掀舞.⁽⁷⁾　　　어 주 일 엽 종 흔 무

細思城市有底忙,⁽⁸⁾　　　세 사 성 시 유 저 망

却笑蛟龍爲誰怒.⁽⁹⁾　　　각 소 교 룡 위 수 노

無事久留童僕怪,　　　　　　무 사 구 류 동 복 괴

此風聊得妻孥許.⁽¹⁰⁾　　차 풍 료 득 처 노 허

灊山道人獨何事,⁽¹¹⁾　　첨 산 도 인 독 하 사

夜半不眠聽粥鼓.⁽¹²⁾　　야 반 불 면 청 죽 고

[해제]

호주지주로 부임해 가는 도중이던 원풍 2년(1079) 4월에 강소성 진강에 있는 금산사에 이르렀을 때, 강풍을 만나 배가 운항할 수 없게 되는 바람에 이틀 동안 머무는 심경을 노래한 것이다.

[주석]

(1) 金山(금산): 강소성 진강鎭江에 있는 산. 여기서는 이 산에 있는 금산사를 가리킨다.

(2) 一鈴獨自語(일령독자어): 오호십륙국五胡十六國 시기의 후조後趙 명제明帝 석륵石勒이 죽던 해에 하늘에 바람 한 점 없이 사방이 고요한데 오로지 탑 위에 매달린 풍경만이 혼자 울리고 있었다. 불도징佛圖澄은 풍경 소리를 잘 알아들었는데 그 소리를 듣고 "풍경 소리가 '금년 안에 국상國喪이 있겠다'고 하는군" 했다.(≪진서晉書·불도징전≫ 참조)

(3) 倒射(도사): 파도로 인하여 생긴 물보라가 위로 치솟아 창문에 뿌려지는 것을 거꾸로 뿌리는 비에 비유한 것이다.

(4) 軒窗(헌창): 창문.

(5) 龍驤(용양): 진晉나라 용양장군龍驤將軍 왕준王濬이 오吳나라를 정벌하기 위해 만든 큰 배라는 뜻으로 보통의 큰 배를 가리킨다.

(6) 萬斛(만곡): 만 섬들이 배를 가리킨다.

(7) 掀舞(흔무): 번쩍 들려서 춤을 추다. 배가 높은 파

도 위에서 흔들리는 것을 가리킨다.

(8) 底忙(저망): 무슨 바쁜 일.

(9) 蛟龍(교룡): 풍랑을 일으키는 존재를 가리킨다. 이
연은 부임지인 호주에 무슨 바쁜 일이 있을지 골똘하
게 생각하다가 교룡이 일부러 풍랑을 일으켜 자신을
좀 쉬게 해 주는 모양이라고 생각하기에 이르렀다는
말이다.

(10) 妻孥(처노): 처자. 이 구절은 가족들을 진강 시내에
남겨 둔 채 참료參寥 및 진관秦觀과 함께 놀기 위하여
자신만 장강長江 안에 있는 금산사로 갔는데 예상치
않은 풍랑 때문에 하루 더 머물게 되었으니 가족이 이
해해 줄 것이라며 좋아한 것이다.

(11) 潛山道人(첨산도인): 왕십붕王十朋의 ≪백가주분류
동파선생시百家註分類東坡先生詩≫에 "참료는 호를 첨
산도인이라고 한다.……≪동안지≫에 '잠산은 사방으
로 3백 리나 뻗어 있다'라는 기록이 있고 또 도은거가
'잠산은 잠현에 있다'라고 했다. '첨'은 '잠'과 같다(參
寥號潛山道人.……按≪同安志≫: '潛山, 方三百里.' 又
陶隱居云: '潛山在潛縣.' '潛'與'潛'同)"라고 했다. 사신
행査愼行의 ≪소시보주蘇詩補註≫에 "선생은 서주에서
호주로 옮겨 가는 도중 고우를 지날 때 소유 및 참료와
동행했다(先生自徐移湖, 過高郵, 與少游·參寥同行)"라
고 했다.

(12) 粥鼓(죽고): 절에서 여러 사람에게 죽 먹는 시간을
알리기 위해 치는 북. 이 연은 첨산도인이 새벽까지

잠을 이루지 못했다는 뜻으로 그 자리에 있던 사람들이 다 함께 밤새워 논 일을 해학적으로 표현한 것인 듯하다.

단옷날 여러 절을 두루 돌아다니며 놀 때 '선禪'자를 운자로 얻어

端午遍遊諸寺得禪字

가마가 가는 대로 내맡겨 두다
멋진 곳을 만나면 곧 정신없이 놀았네.
분향을 하기 위해 한가한 걸음도 옮기고
차를 한잔 하기 위해 말끔한 자리도 폈네.
가랑비는 그치려다 다시 내리고
작은 창은 어둑하여 더욱 멋졌네.
사방에 산이 솟아 해가 아니 보이는데
풀과 나무 저절로 새파랗게 보였네.
갑자기 가장 높은 탑으로 올라가니
눈앞에 대천세계가 다 펼쳐졌네.
변산의 푸른빛이 성을 비추고
태호에는 구름 낀 하늘이 떠 있었네.
깊숙하여 즐길 만했을 뿐만 아니라
넓게 트여 마음이 편안하기도 했네.

그윽한 곳 다 찾아다니지 못했는데
마을에서 저녁연기 피어올랐네.
돌아와도 다닌 곳이 눈에 선하여
정신이 말똥말똥 잠을 이룰 수 없네.
도인도 나처럼 잠이 오지 않는지
외로운 등과 함께 참선하시네.

肩輿任所適,　　　견여임소적

遇勝輒流連.[1]　　우승첩류련

焚香引幽步,[2]　　분향인유보

酌茗開淨筵.　　　작명개정연

微雨止還作,　　　미우지환작

小窗幽更姸.　　　소창유갱연

盆山不見日,[3]　　분산불견일

草木自蒼然.　　　초목자창연

忽登最高塔,[4]　　홀등최고탑

眼界窮大千.[5]　　안계궁대천

卞峰照城郭,[6]　　변봉조성곽

震澤浮雲天.[7]　　진택부운천

深沉旣可喜,　　　심침기가희

曠蕩亦所便.   광탕역소편

幽尋未云畢,   유심미운필

墟落生晩煙.   허락생만연

歸來記所歷,   귀래기소력

耿耿淸不眠.[8]   경경청불면

道人亦未寢,[9]   도인역미침

孤燈同夜禪.   고등동야선

[해제]

호주지주로 부임한 지 얼마 안 된 원풍 2년(1079) 단옷날 호주 일대에 있는 여러 절을 유람한 감회를 노래한 것이다. ≪동파지림≫에 "나는 오흥에 살 때 비영사에 가서 노닐고 지은 시에서 '가랑비는 그치려다 다시 내리고, 작은 창은 어둑하여 더욱 멋졌네. 사방에 산이 솟아 해가 아니 보이는데, 풀과 나무 저절로 새파랗게 보였네'라고 했거니와 오월 땅에 가지 않고는 이런 경치를 볼 수 없다(僕寓吳興有游飛英詩, 云: '微雨止還作, 小窗幽更姸. 盆中不見日, 草木自蒼然.' 非至吳越, 不見此景也)"라고 한 것을 보면 이날 유람한 절 중에서 비영사가 특히 인상 깊었던 모양이다.

[주석]

(1) 流連(유련): 노는 데에 정신이 팔려서 돌아갈 줄 모르다.

(2) 幽步(유보): 한가한 발걸음.

(3) 盆山(분산): 동이처럼 사방에 둘러서서 분지를 이룬 산.

(4) 最高塔(최고탑): 비영탑을 가리킨다. ≪오흥지吳興志≫에 "비영사는 호주 관청소재지의 북쪽에 있는데 절 안에 비영탑이라는 탑이 있다(飛英寺在湖州府治北, 寺中有塔, 名飛英)"라고 했다.

(5) 大千(대천): 대천세계. 수미산須彌山을 중심으로 이루어진 세계가 천 개 모여서 하나의 소천세계를 이

357

루고, 소천세계가 천 개 모여서 중천세계를 이루며, 중천세계가 천 개 모여서 대천세계를 이룬다.

(6) 卞峰(변봉): 변산. 지금의 절강성 호주의 서북쪽에 있는 산. ≪오흥통기吳興統記≫에 "변산은 오정현에서 북쪽으로 18리 되는 곳에 있다(卞山在烏程縣北一十八里)"라고 했다.

(7) 震澤(진택): 태호太湖. 호주의 북쪽에 있는 큰 호수. ≪오흥통기≫에 "구구수는 태호로 일명 진택이라고도 하는데 너비가 183리이다(具區藪, 太湖也, 一名震澤, 廣一百八十三里)"라고 했다.

(8) 耿耿(경경): 또렷한 모양.

(9) 道人(도인): 왕문고王文誥의 ≪소식시집蘇軾詩集≫에 "참료를 말한다. 당시 진소유와 함께 호주에 있었다(謂參寥也. 時與少游同在湖州)"라고 했다. 이 연은 참료도 잠을 이루지 못한 채 묵묵히 생각에 잠겨 있는 모습을 해학적으로 묘사한 것이다.

편저자 소개

편저자 류종목柳種睦은 서울대학교 중어중문학과를 졸업하고 동 대학원에서 문학박사 학위를 취득했다. 대구대학교 중어중문학과 교수와 서울대학교 중어중문학과 교수를 역임했으며 현재 서울대학교 중어중문학과 명예교수이다. 주요 저서 및 역서로 ≪소식사연구蘇軾詞研究≫, ≪당송사사唐宋詞史≫, ≪여산진면목廬山眞面目≫, ≪논어의 문법적 이해≫, ≪송시선宋詩選≫, ≪한국의 학술 연구 ─인문사회과학편 제2집≫, ≪범성대시선范成大詩選≫, ≪팔방미인 소동파≫, ≪육유시선陸游詩選≫, ≪소동파시선≫, ≪소동파사선蘇東坡詞選≫, ≪소동파사蘇東坡詞≫, ≪당시삼백수唐詩三百首≫ 1·2, ≪중국고전문학정선─시가≫ 1·2, ≪정본 완역 소동파시집≫ 1·2·3, ≪중국고전문학정선─시경 초사≫, ≪소동파 산문선≫, ≪중국고전문학정선─사곡詞曲≫, ≪소동파 문학의 현장 속으로≫ 1·2, ≪송사삼백수 천줄읽기≫, ≪유종원시선柳宗元詩選≫, ≪소식의 인생 역정과 사풍詞風≫, ≪한시 이야기≫ 등이 있다.

명문동양신서明文東洋新書 - 02

소동파 전기前期 명시名詩

초판 인쇄 ― 2018년 11월 5일
초판 발행 ― 2018년 11월 10일

편저자 ― 류 종 목

발행인 ― 金 東 求

발행처 ― 명 문 당(창립 1923년 10월 1일)
　　　　　서울시 종로구 윤보선길 61(안국동)
　　　　　우체국 010579-01-000682
　　　　　전 화 (02) 733-3039, 734-4798
　　　　　FAX (02) 734-9209
　　　　　Homepage / www.myungmundang.net
　　　　　E-mail / mmdbook1@hanmail.net
　　　　　등록 1977. 11. 19. 제1-148호

* 낙장 및 파본은 교환해 드립니다 * 복제 불허
* 정가 12,000원
ISBN 979-11-88020-71-3　03820

* 저자와의 협약에 의해 인지는 생략합니다